기획의 말

그리운 마음일 때 'I Miss You'라고 하는 것은 '내게서 당신이 빠져 있기(miss) 때문에 나는 충분한 존재가 될 수 없다'는 뜻이라는 게 소설가 쓰시마 유코의 아름다운 해석이다. 현재의 세계에는 틀림없이 결여가 있어서 우리는 언제나 무언가를 그리워한다. 한때 우리를 벅차게 했으나 이제는 읽을 수 없게 된 옛날의 시집을 되살리는 작업 또한 그 그리움의 일이다. 어떤 시집이 빠져 있는 한, 우리의 시는 충분해질 수 없다.

더 나아가 옛 시집을 복간하는 일은 한국 시문학사의 역동성이 드러나는 장을 여는 일이 될 수도 있다. 하나의 새로운 예술작품이 창조될 때 일어나는 일은 과거에 있었던 모든 예술작품에도 동시에 일어난다는 것이 시인 엘리엇의 오래된 말이다. 과거가 이룩해놓은 질서는 현재의 성취에 영향받아 다시 배치된다는 것이다. 우리는 현재의 빛에 의지해 어떤 과거를 선택할 것인가. 그렇게 시사(詩史)는 되돌아보며 전진한다.

이 일들을 문학동네는 이미 한 적이 있다. 1996년 11월 황동규, 마종기, 강은교의 청년기 시집들을 복간하며 '포에지 2000' 시리즈가 시작됐다. "생이 덧없고 힘겨울 때 이따금 가슴으로 암송했던 시들, 이미 절판되어 오래된 명성으로만 만날 수 있었던 시들, 동시대를 대표하는 시인들의 젊은 날의 아름다운 연가(戀歌)가 여기 되살아납니다." 당시로서는 드물고 귀했던 그 일을 우리는 이제 다시 시작해보려 한다.

기획의 말

그리운 마음일 때 'I Miss You'라고 하는 것은 '내게서 당신이 빠져 있기(miss) 때문에 나는 충분한 존재가 될 수 없다'는 뜻이라는 게 소설가 쓰시마 유코의 아름다운 해석이다. 현재의 세계에는 틀림없이 결여가 있어서 우리는 언제나 무언가를 그리워한다. 한때 우리를 벅차게 했으나 이제는 읽을 수 없게 된 옛날의 시집을 되살리는 작업 또한 그 그리움의 일이다. 어떤 시집이 빠져 있는 한, 우리의 시는 충분해질 수 없다.

더 나아가 옛 시집을 복간하는 일은 한국 시문학사의 역동성이 드러나는 장을 여는 일이 될 수도 있다. 하나의 새로운 예술작품이 창조될 때 일어나는 일은 과거에 있었던 모든 예술작품에도 동시에 일어난다는 것이 시인 엘리엇의 오래된 말이다. 과거가 이룩해놓은 질서는 현재의 성취에 영향받아 다시 배치된다는 것이다. 우리는 현재의 빛에 의지해 어떤 과거를 선택할 것인가. 그렇게 시사(詩史)는 되돌아보며 전진한다.

이 일들을 문학동네는 이미 한 적이 있다. 1996년 11월 황동규, 마종기, 강은교의 청년기 시집들을 복간하며 '포에지 2000' 시리즈가 시작됐다. "생이 덧없고 힘겨울 때 이따금 가슴으로 암송했던 시들, 이미 절판되어 오래된 명성으로만 만날 수 있었던 시들, 동시대를 대표하는 시인들의 젊은 날의 아름다운 연가(戀歌)가 여기 되살아납니다." 당시로서는 드물고 귀했던 그 일을 우리는 이제 다시 시작해보려 한다.

내 젖은 구두 벗어 해에게 보여줄 때

문학동네포에지 012

이문재 시집

내
젖은
구두
벗어
해에게
보여줄
때

시인의 말

젖은 구두를 벗어 해에게 보여주다 울기도 했었다 간혹 젖지 않는 길로 다니는 세상을 물끄러미 바라보기도 하였다 굴러가는 바퀴의 구르지 않는 한 점을 확인하고 싶었다

여름이 오면 한 여자가 어미가 된다. 아버지가 될 자격이 없는 이 서른 살.

언제, 살아 있다는 것이 죄가 되지 않을까, 대체로 시인이라는 사실이 싫다, 너를 죽이고 싶다,

1988년 2월
이문재

개정판 시인의 말

스무 살 시절이 다들 잘 갔다고 여겨왔는데
찬찬히 돌아보니 가지 못한 것, 가지 않은 것이 있다.
나보다 먼저 여기 와서 나를 기다리고 있었다.
미래의 수효가 줄어드는 만큼 처음도 그만큼
줄어들 줄 알았는데 오산이었다. 매번 처음이다.
이 오래된 처음이 누군가의 처음과 만나
또다른 처음이 될 수 있다면 그것은 내가 아니라
시의 축복이자 그 누군가의 축복이리라.

2021년 3월
이문재

차례

2부

3부

1부

돌팔매질

돌팔매질처럼 달려가고 싶어라
가장 높이 날아야
가장 아프게 떨어지는 그 힘으로
너에게 닿고 싶어라
너의 한복판에 박히면서
한꺼번에 너의 땅에 뿌리내리는
풀잎의 속사정도 알고 싶어라
돌팔매질처럼 너의 벌판을 힘껏 두드리고 싶어라
단단한 바람의 빗질에 온몸을 씻고
너의 땅 바람 숭숭 드는 흙의 성긴 곳을
한 번으로라도 다져주고 싶어라

기념식수

형수가 죽었다
나는 그 아이들을 데리고 감자를 구워 소풍을 간다
며칠 전에 내린 비로 개구리들은 땅의 얇은
천장을 열고 작년의 땅 위를 지나고 있다
아이들은 아직 그 사실을 모르고 있으므로
교외선 유리창에 좋아라고 매달려 있다
나무들이 가지마다 가장 넓은 나뭇잎을 준비하러
분주하게 오르내린다
영혼은 온몸을 떠나 모래내 하늘을
출렁이고 출렁거리고 그 맑은 영혼의 갈피
갈피에서 삼월의 햇빛은 굴러떨어진다
아이들과 감자를 구워먹으며 나는 일부러
어린왕자의 이야기며 안데르센의 추운 바다며
모래사막에 사는 들개의 한살이를 말해주었지만
너희들이 이 산자락 그 뿌리까지 뒤져본다 하여도
이 오후의 보물찾기는
또한 저문 강물을 건너야 하는 귀갓길은
무슨 음악으로 어루만져주어야 하는가
형수가 죽었다
아이들은 너무 크다고 마다했지만
나는 너희 엄마를 닮은 은수원사시나무 한 그루를
너희들이 노래 부르며
파놓은 푸른 구덩이에 묻는다
교외선의 끝 철길은 햇빛

철 철 흘러넘치는 구릉지대를 지나 노을로 이어지고
내 눈물 반대쪽으로
날개도 흔들지 않고 날아가는 것은
무한정 날아가고 있는 것은

우리 살던 옛집 지붕

마지막으로 내가 떠나오면서부터 그 집은 빈집이 되었지만
강이 그리울 때 바다가 보고 싶을 때마다
강이나 바다의 높이로 그 옛집 푸른 지붕은 역시 반짝여주곤 했다
가령 내가 어떤 힘으로 버림받고
버림받음으로 해서 아니다 아니다
이러는 게 아니었다 울고 있을 때
나는 빈집을 흘러나오는 음악 같은
기억을 기억하고 있다

우리 살던 옛집 지붕에는
우리가 울면서 이름 붙여준 울음 우는
별로 가득하고
땅에 묻어주고 싶었던 하늘
우리 살던 옛집 지붕 근처까지
올라온 나무들은 바람이 불면
무거워진 나뭇잎을 흔들며 기뻐하고
우리들이 보는 앞에서 그해의 나이테를
아주 둥글게 그렸었다
우리 살던 옛집 지붕 위를 흘러
지나가는 별의 강줄기는
오늘밤이 지나면 어디로 이어지는지

그 집에서는 죽을 수 없었다
그 아름다운 천장을 바라보며 죽을 수 없었다
우리는 코피가 흐르도록 사랑하고
코피가 멈출 때까지 사랑하였다
바다가 아주 멀리 있었으므로
바다 쪽 그 집 벽을 허물어 바다를 쌓았고
강이 멀리 흘러나갔으므로
우리의 살을 베어내 나뭇잎처럼
강의 환한 입구로 띄우던 시절
별의 강줄기 별의
어두운 바다로 흘러가 사라지는 새벽
그 시절은 내가 죽어
어떤 전생으로 떠돌 것인가

알 수 없다
내가 마지막으로 그 집을 떠나면서
문에다 박은 커다란 못이 자라나
집 주위의 나무들을 못박고
하늘의 별에다 못질을 하고
내 살던 옛집을 생각할 때마다
그 집과 나는 서로 허물어지는지도 모른다 조금씩
조금씩 나는 죽음 쪽으로 허물어지고
나는 사랑 쪽에서 무너져나오고
알 수 없다

내가 바다나 강물을 내려다보며 죽어도
어느 밝은 별에서 밧줄 같은 손이
내려와 나를 번쩍
번쩍 들어올릴는지

물소

물의 어둠과 진흙의 눈물이 모여 늪지를 이룬다
늪지임을 알리기 위해 풀잎들은 환하게 흔들리고
물소들은 그곳에서 무리를 이루고 햇빛
달빛 늪으로 빠뜨려 잡아먹는다
늘 숨쉬는 동물을 원하여 물소들은 뿔을 키우고
늪지를 떠나 풀잎들도 버리고 떠난
갈라진 강바닥에 이른다 물소의 뿔에서
물소들은 잊혀진 아버지를 배우고 짧은 수업으로
적을 발견할 수 있다 늪에서 태어나
강물 흐르지 않는 강으로 이르는 동안 물소의 뿔은
자라고 예리해져 번득이고 풀잎의 뒤 수풀 속
커다란 힘을 발견한다
물소는 물에 기대고 수풀은 땅에 기대고
아직 물과 땅이 화합하지 못하는 동안 물소의 뿔은
무수하게 부러지고 다시 생겨나
언제나 늪지를 늪지가 있던 자리에
숨쉬게 한다

돌은 움직이지 않으려고 얼마나 애쓰는 것일까

먼 별은 먼길로 돌아간다
간다 아침에 나의 어머니는 산으로 넘어가고
어둠은 나뭇잎 뒤에도 숨으러 간다 눈을 뜨면
아침은 지붕에서 뚝 뚝 떨어져내리고 나는
붕어를 잡으러 강가로 달려가야 했다 아침에
돌들은 움직이지 않으려고 무진 애를 쓰며
뜰에 남아 있었다 왜 돌은 움직이려 하지 않는 것일까

아버지는 대청의 괘종시계 태엽을 감는다
아버지, 강이 말라서 물고기가 없어요 대신
물이끼를 건져왔지요 누이는 또 외양간에 숨어 있고
아버지는 들로 나간다 나아간다 저녁은 늘
아버지의 잔등에서 피어올랐다
들 저 들판 질펀한 물을 거두어
나와 누이의 잠 사이로 걸어오는
이상한 나의 어머니들
마차 바퀴에 기름을 칠하는 마을 사내들은 얼굴이 검다

아버지까지는 왕족이었다 한다 나는
젊은 국어 선생의 목소리를 흉내내며 겨울 기차에 올랐고
첫눈은 대전에서 내려오고 있었다 하얀 눈의 갈피 사이로
날아가는 새들의 발가락과 얼음이 얼기 직전에 긴장하는

물의 속살 같은 걸 생각하며 나는 가족사진을
찢었다 아, 가락국수가 먹고 싶다 대전에서
시계는 멎고 아버지는 그때 죽었고 나는
가명을 지어내기 시작했다
새엄마, 이건 작년에 심은 맨드라미예요 아직도 서 있네요

왜 세계는 나에게 아무런 말도 하지 않는 것일까 갑자기
저녁의 길은 겨울 안개 속으로 풀어지고 거미줄을 치기
시작하였다 시간은 사방에서 나에게로 달려
오고 나는 나무에 밧줄을 매고 겨울을 나고 싶었다
그랬다 안경알에 성에가 끼고 검문소마다 나를
고향으로 돌아가게끔 했지만 그 겨울의 언덕들은
하늘에서 내려온 눈을 모두 뒤집어쓰고 옛날의 높이대로
서 있었다 두껍고 질긴 역마살
나는 돌을 얼마나 멀리 던져줄 수 있는 것일까
땅에 내린 눈은 내려오는 눈에 일찍 덮이고

먼 별은 먼길 내려왔던 길로
돌아간다 하늘로 올라가지 못하고 작년처럼 첫눈은
솜틀집 지붕에도 내린다 나는
여기서 사라져야지, 내 아이의 어머니를 부르지 말고
그 아이에게 언덕 하나 세워주지 말고

나 여기서 땅의 높이로 쓰러져야지
돌의 뿌리로
땅의 얼지 않는 깊이로 내려가
썩어야지 썩어져야지 바람 소리 들리지 않고
태양의 기다란 손길도 내려오지 않고
그저 슬픈 나무 하나 땅속으로 떨어질 때
내가 썩어지며 남긴 뜨거움을 옮겨주리라

그뿐
대전에서 첫눈을 맞는다
가락국수에도 떨어져내리는 눈발 눈 발
태양은 눈썹을 내리고 바다에 누워 있고
그뿐 첫눈 내리는 땅의 어떤
둥근 잔등 나는 보통열차를 타고
먼 별 먼길로 돌아가는 아침을 달린다
먼길로 돌아오는 태양을 바라보는 일 그뿐

섬에서 보낸 한철

여름

섬으로 가기 위하여 나는
땅의 끝으로 달려가곤 하였다 밤에는
땅의 어깨에 불을 피워올리며 그 섬의
사투리와 습관을 배우며 아버지의
평야와 평야 사이를 흐르는 강을 몇 권의 사랑과
그만큼의 절망과 함께 책갈피에 접어넣으며
나는 땅의 끝에서 바다의 끝을 바라보았다
아버지의 비망록에서 훔쳐보던 전쟁과
보리밭 나의 생일들 나의 누이들을
그 섬으로 가기 위하여 땅의 어깨에다
태워버렸다 멀리로 가서 다시 보아야 한다
햇빛은 진한 황산처럼 둥둥 떠다니고
아버지가 결혼했던 나이에도 나는 그 도시의
변두리에서 사랑하거나 이별해보지도 못했다
도시에서 가장 빠른 길로 달려오면
길은 문득 부두에서 잘려나간다 내가 잘린 길을
신고 섬으로 가야 한다 그 섬에서
그 섬의 말로 나는 다시 아버지를 땅에 묻고
누이들의 사랑을 밤하늘에 묶어놓아야 한다
아 이 도시의 여름
여름은 곳곳에 없던 문을 만들어놓고
열어주지 않는다

편지

왜 아버지는 죄부터 가르쳐주었습니까
섬의 봉우리에 올라서면 사방은 여름입니다
기억 중에서 가장 푸른 것들만 오전의 바다로
흘려보냅니다 섬에서 자라는 침엽수들은 얼마나
정갈한지 모릅니다 아버지 올해 비는 적당한지요
강둑이 넘치지나 않았는지 모르겠군요
이 섬으로 와서는 아버지가 일러준 죄들이
죄가 아니더군요 저녁에는 물속의 어둠과
섬 위의 어둠이 같아집니다
내가 처음 넓다고 느낀 것이 아버지의 평야였는데
이곳 아이들은 생각이 수평선까지 마구 달려나갑니다
왜 아버지는 나에게 땅만 가르쳐주었습니까
지금 바다에서 돌아오는 배는 예정보다 일주일이
늦었지만 여자들은 발을 동동 구르며 언덕에서
손을 흔들어댑니다 오후에는 등대에 쓸
나무를 했습니다 그리움이나 외로움을 태우면
밤바다로 나가는 불빛이 훨씬 밝아집니다
아버지 이젠 아버지가 일러준 죄가
나의 죄는 아닙니다
우편선이 들어오고 있습니다

그다음의 여름

아버지가 변한 게 아니라 아버지를 바라보는

나의 눈이 변해가고 있었다 없던 문을 두드리는 동안
그다음의 여름까지 나는 섬에서 돌아왔고
이름 붙일 수 없는 더 많은 것이 아침
나의 구두 근처에 쌓여 있었지만 나는
함부로 허락하지 않았다
내가 이름 붙일 수 없는 것들을 섬이라고 부르기
시작했을 때 나는 알았다 세계가 나를
그의 어느 어두운 집 방 하나를 세주어 살게 하고
있음을 세계가 나에게 조금씩
들키고 있음을

마로니에 잎은 둥글어지고

마로니에 잎은 둥글어지고
멀리 가서 보면 나무 전체 둥글다
저녁에 만나면 어두운 눈동자
많은 돌의 어깨에 앉아
어제의 사랑을 팔목에 새기며
나무 아래 내가 누워 있으면

나는 나무를 돕는 것이다
어두운 눈동자
돌과 무릎을 맞대고
돌의 모습을 하고 잠든다
마로니에 잎은 날마다 둥글어지고
잠들어도 어두운 얼굴

어두움에 희미해지는 외등을 끄고
더 먼 곳으로 가
돌들이 이루는 풍경을 지워버린다
돌들의 풍경마다 다시 돌을 매달아
멀리 던지고
어제의 사랑을 지나간다

내가 어두운 눈동자를 바라보면
나는 너를 돕는 것
멀리서 보면 수풀 전체 둥글고

나는 너와 어깨를 나란히
사랑이 걸어온 길을 지나며
길의 끝에서
돌의 모습으로 변하는 우리를
건너다본다
바람과 손잡고 손쉽게 흔들리는
나뭇잎들 둥글어져 있음을

나무와 함께 돌과 더불어
너를 사랑하는 여름날 저녁
어두움에 희미해진 외등을 끄고
너는 내가 움직여주는 램프의 길섶을 따라
아름다운 그림자를 던지고
그동안 마로니에 잎들은 떨어져
내리고 내려 나무 전체
가라앉는다

생일 주간

나는 금요일생이다

밤꽃이 필 때 그녀는 나를 불렀다 아직
태어나지 않은 나의 이름을 불렀었다 밤꽃
환한 밤 속을 달려나가 그 산의 가운데서 나의 이름을 지었다
그녀는 능선이 푸르게 빛나는 산 하나
몸을 열고 들어왔다고 말했다 나의 이전에 꿈을 하나
세계 속으로 떨어뜨리고 그 꿈에 어떤 용액 하나 달려가
만나 밤꽃 활짝 열린 밤
그 향기 속에 휩싸여 그날 밤 그녀는
나의 그릇이 되었다 그 산에서 흘러내려오는
물에 나의 옷을 빨며 나의 얼굴과 발을 씻어주며
그녀는 한동안 나의 머리맡에서
밤나무 수풀의 밤나무를 모조리 뽑으며 산이 없는 마을로 이사하였다
산그림자 산보다 길어지고 산이 두 팔 벌려
밤나무 수풀을 감싸주던 나의 고향은
지금 꽃이 피리라 그 꽃이 피리라

얼굴 없는 아버지에게

모터사이클을 타고 가을의 환한 햇빛 속을 달려나갈 때
나는 녹슬어버렸다 그건 당신의 이마를 향하여
돌을 던지는 것이었는데 당신은 얼굴이 없으므로
그 돌은 명중할 수 없었다 오늘 나의 생일에

창문마다 불빛 하나씩 내다 건 거리의 끝에서
자욱한 새벽안개 속에서 내가 당신의 어두운 윤곽으로
거리를 나올 때 당신은 나에게 무어라 잔등 두드리겠는가
나의 물그릇은 아침에 버리는 물속에 함께 내버려져
저녁 가을 강이 붉게 녹스는 것을 도와주고
바다가 소금을 결정할 때 저절로 모여 소금이 될 것이다
한낮 가득한 돌들이 무거워지는 낯익은 소리들
자욱한 소리들 모터사이클을 타고 햇빛의 밖에서
저녁으로 달려올 때 당신은 아직 얼굴 없는
산이다 불타는 가을 산이다

돌의 시절

그리고 그녀는 울었다 미역국을 끓이며
아궁이 속으로 오래된 눈물을 말리고
이런 가을에는 말이 없어진다
아직 몇 번의 가을을 내 앞에서 숨겨야 하고
그리고 나는 이제 그런 일들에 대해 별로 즐거워하지 않는다
가을에는 곤충의 날개를 굽거나 물잔디를 키운다
가을이 일찍 나뭇잎을 떠나고
가을의 발소리 어서 흰 눈에 덮이기를 원한다
이제 밤꽃을 불질러버리지도 않고

잠자리처럼 나는

생의 낮은 공중이나 물위를 날아다닌다
너를 사랑해 가을에도
길섶에서 시들지 않고
은행잎 구르는 구월에 너를 사랑해
내 혈관 속으로 참 많은 곤충 날아다니고
은행잎처럼 너에게 물들어 떨어지고 있어
이리 와봐
잠자리처럼 무수한 눈을 뜨고 나에게로 와
이 사람이 나의 아버지
저 사람이 내 어머니
그들은 서로 악수한다 가을 속에서 은행잎을 밟고
그들은 가족이 되려 한다

너와 나 사이로 촛불을 켜주고 그들은 나가버린다
이 가을에 너와 나를 허락한다 너와 내가 코스모스 길을
걸어갈 때 코스모스처럼 피어 있는 그들
겨울의 입구에서 씨앗을 흔들며 사라지는 그들
밤꽃과 젊은 산
너를 사랑할 수 있을 것 같다
나와 밤의 끝으로 난 계단을 오를 때 너는 듣느냐?
산 하나 너의 몸속에서
허물어지고 있음을 허물어뜨리고 있음을

죽음의 집의 이사

안경에 끼인 먼지를 닦지 않는다 오랜 시간
기억이 고집하는 아버지의 넓은 평야를 바라보는 일
안개가 세상에 가득 가득 쌓인 오전 한 옥타브 올라가 있는 바다울음 그리고 너
그 바닷물의 커다란 압력으로도 나는 잠들 수 없었다

돌이 환하게 뿌리를 내리는 해안에서 나는
멈추어 있어야 한다 그리고 둥 둥 둥 나의 쓰러진 힘을
두드려보아야 한다 돌이 둥근 어깨를 가지기까지
그만큼 자기를 거부할 때까지 나는 여기서
시간의 희미한 빛을 지켜보아야 한다

우거진 나무 수풀 위로 우거지는 한낮의 햇살
먼지 끼인 안경 속으로 너는 울고 있다 울며 나를 앞질러
간다 아버지의 무덤 쪽으로
칼끝으로 지상에 그늘을 만드는 여름
나는 개처럼 사랑하였다 개처럼
나는 아버지에게 사육당하였다
한 움큼의 바람이라도 공중에 떠 있었으면
다시 나를 중심으로 태양이 궤도를 그리고
두어 개의 위성이 어둠의 저편에서 둥실 떠오른다면
하여 나도 시간 위에 눈금을 표시할 수 있다면
나의 이 시끄러운 침묵이 물이 되어 흐른다면

아버지는 헛기침을 하며 나를 통과한다
그리고 너는 내가 너를 버리기 전에 나를 버린다
죽음이 가장 편리한 방법으로 떠오를 때
갑자기 숨쉬는 공기들이 나를 에워싸 돌처럼
딱딱해질 때 순간 순간이 모여 이루어놓는 아버지의 평야와
나의 아름다운 잠

나는 그때 나보다 훨씬 오래 이 지상에서 남아 있을 돌과
나무들에게 귀띔해주리라 나를 기억하실지 몰라 컹컹
나는 네발로 걸어나가며 내가 서 있던 자리마다
원을 그려놓는다 그리고 나의 후손 중에 하나가
그곳에 서툴게 뿌리를 내리면 밧줄을 당겨 목을 조를 것이다
컹 컹 그때는 정말 사람처럼 사랑하고 아버지처럼 아이들을
방목할 것이다

문을 열자 안개가 방안 가득해진다
안개의 이마를 밟고 훨씬 가까이 다가오는 바다울음
안개가 걷히고 다시 태양은 낡은 손을 움직여 나무들의
잎사귀를 흔들고 오래된 바다에서 소금과 수증기를 가려내고 있다

나 때문에 죽은 아버지와 너의 활발한 아침 사이에서
나는 둥 둥 떠다니며 죽음의 냄새를 풍기며
돌의 뿌리 죽음의 뿌리 서로 뒤엉켜
시간 속에서 풀리지 않는다 개의 긴 긴 청각으로
끊임없이 기억이 고집하는 아버지의 벌판에 내리는 빗줄기와
너의 어떤 사랑을 듣는다
너와 아버지가 뒤엉켜 나의 땀에 배인 세월의 잔등을 밀어
버린다 시간의 깊은 수렁 속으로 빠져들어가며 아
웃고 있구나 나는
이 현기증의 다음 순간을 알고 있었구나

유월의 여섯시

멀리 있는 것들은 아주 멀리서 편안해
있고 나는 하모니카를 불고 들판을
굴리며 둥근 저녁 집으로 들어서는데 여기는
아궁이보다 따수운 저녁일 것 같으다 농촌에
와서 너의 기억들을 비 오기 전
개구리 울음으로 바꾸어 듣는 깊고
푸른 저녁인데 언제부터 농촌은 비어 있었을까
농촌의 비어 있는 구릉에 달빛을 채우고 가까운
숲의 나무보다 어두운 영창에 기대
나는 텅 비어 있음으로 가득하고 싶다 오늘
밤 너의 이름을 봉숭아 씨앗 터뜨릴 만한 소리로
부르며 떡갈나무 수풀로 가면서 내가 달밤에 내다 뿌리는
부끄러움들을 개구리 울음 은박지처럼
논물에서 빛나는 풍경과 바꾸고 싶다 오늘
저녁 모든 문이 열려 있고 멀리 있는 것들이
손 닿는 거리까지 가까워져도 편안해지는 까닭은
여기 유월을 이루고 있는 농촌의 모든 것들에
내가 너의 이름을 부르며 함부로 허락하기
때문일 것 같은데 멀리 있는 등잔의 온도를 느끼면서
너는 모포기 사이로 헤엄하면서 나의 하모니카를 듣고
너는 유월의 주인처럼 오늘밤 지붕 위에서 내일 아침
동산에서 울려나올 뻐꾸기의 울음을 다듬고 있구나
동산의 저녁 하늘에 잉크처럼 번져 있는 정갈한 소리

들과
어깨를 나란히 하고 교회당으로 가는 길에 아카시아
교회당에서 돌아오는 길에도 아카시아의 숨소리 나는
이마가 환해짐을 느낀다 자전거를 탄 속도로
저녁이 달려간다 그 길로 가면 저무는 바다
교회당은 돌처럼 바다를 향해 거기에 있고
교회당에서 돌아올 때마다 잔등에 지고 나오는 교회당
안으로 연기 같은 너를 불 피우고 나는 마룻바닥에
엎드리고 싶다 아멘이라 이르면서 고개를 들고
둥근 교회당의 천장에 매달려 흔들려보고
나서 농촌으로 나온다 농촌의 공터 두엄 냄새
향긋한 유월 어쩌면 미나리 냄새 너는 겨드랑이에서
풀잎을 딴다 적당한 기다림을 나에게 베푸는 비와
비가 지나가도록 부드러워지는 공기 속으로 나는
저녁의 깊고 푸른 날개를 접는다 유리병처럼 하늘은
별을 담고 소리가 나도록 흔든다 별에서 많은 아이들이
태어나고 너는 땅을 딛고 서서 그 아이들을 남자와 여자
아이로 선별한다 농촌이 나의 망막을
청색 우단처럼 펼쳐주는 일과 마찬가지로
나는 걸상을 문밖에 내놓고 교회당으로 가고
오는 길목 어귀를 너의 풀잎으로 푸르게 한다 아카시아
내음에 섞이는 하모니카 소리는 얼마나 단정한가 너는
유월처럼 천천히 걸상에 앉아 털
스웨터를 짜고 털스웨터 속으로

교회당이 잠들고 나무들은 조용히 두 손을 내리고
논물은 들판 아래로 내려가고 더운 비가
염소의 하얀 등에 내려 풀잎들을
아침 우유로 바꾸어준다 이 편안함이
나를 농촌으로 일구어주는 것일까 나무에게 나의
맑은 피를 주사하고 싶다 녹슨 교회당 지붕에도
유리병 속의 먼 별에게도 너의
부푼 아침에게도 나의 한없이 맑고
붉은 피를 주사하고 싶다

이렇게 푸르른 그늘을

매형은 자전거에서 읍내의 사업을 내리고
쇳골에서 내려오는 바람은 서늘하다
나는 『기탄잘리』를 접고 염소를 데리고 가고 매형은
귀엣말로 누이를 성층권까지 데리고 갔다
온다 양떼구름이 노을에 불타 부서지는
서편으로 흐르는 냇가
쇳골 구리를 캐내던 폐광 속으로
마을의 청년들이 들어가고
나는 『기탄잘리』를 접고 무심히
냇가의 둑 위로 올라오는 물뱀의 무리를 지켜준다
누이는 매형의 힘을 감추며 굴뚝의 연기를
자꾸 펴올리고 매형은 읍내에서 벌어온
양식을 내리며 대단한 일이 아니라는 듯
자전거 페달을 뒤로 돌려본다 나는
쇳골의 오래된 동굴도 참견하고 싶고 병이
다 나아가는 누이의 땔감도 간섭하고 싶고
염소의 우유에도 무진 관심을 쏟지만
오늘밤에도 나는 아버지의 뭣등에 앉아서
고등학교 때 국어 선생의 목소리를 흉내내고
어둠을 이용하여
마음껏 부끄러워할 것이다
쇳골에서 내려오는 길과 읍내로 넘어가는 길이
언덕 높이로 둥둥 떠 있다

저문 강을 이름 붙이려 함

아버지는 강을 키운다 여름 내내
물을 거슬러오르며 덜 자란 돌을 골라내면서 얘야,
그물은 그렇게 빨리 올리는 게 아니다,
예, 알았어요, 누이는 어디로 갔을까 갈대가 움직일 때마다
나는 누이의 옷 벗는 소리를 기억하지만
누이는 아무래도 멀리로 가버린 것 같다
메기가 많이 올라오네요,
모래톱에 누우면 피들이 몰려다니는 소리를 듣고
문득 유성을 찾아내기도 하면서 아버지가 일구는
산과 상류의 길을 잊어버리기도 한다
안동에서 올라오는 밤열차가 환하고
돌들이 나의 잔등 속으로 뿌리를 올려보낸다
누이는 늘 바람의 끄트머리 몇 가닥을 만지고 있었다
대장간집 아들이 갈대숲으로 달려간 후로
누이는 홀로 울고
부엉이 부엉 부엉 솔숲에서 기다릴 때 아버지, 배에
닻줄을 묶어놓지 않았나봐요, 그리고 누이는 집을 나갔다
저문 강
아버지의 담배 연기를 실어나르는 저문 강은 고요하다
아버지는 나를 위해 강을 키운다 한다
아버지는 나를 위해 그물을 말린다 한다
안동으로 내려가는 화물열차가 강에서 머뭇거리고

메기들이 금잔디 동산에서 마르는 여름
가끔 아버지는 저문 강으로 나가 돌을 던진다
돌을 던진다 그 돌은 어둡고 강은 어두운 만큼
어두운 파문을 강가로 돌려보내고
아버지의 자꾸 길어지는 그림자가 나를 부르고 있다

슬픈 로라

길을 바다의 끝까지 데려다주고 교실로 들어선다
오전에 읽던 죽은 사람들의 책은 아직 열려 있고
칸나는 한 발짝도 여름에서 물러서려 하지 않는다
봉화촌의 아이들
산에서 멀거니 아버지를 잃어버리는 아이들
오늘은 굿당이 조용하고
수평선은 일전의 자리로 돌아가 있다 소나무숲이
아주 많은 날을 매어달고 외로움에 지친
여자들의 헝겊을 아직 매어달고

달을 바라보는 칸나
분교의 지붕에는 소금기가 많이 남아 있다
방금 바다에서 올라간 구름들이 서성거리고
가까운 집에서 기침 소리가 난다
깨진 유리창으로 들어서는 바다는 발이 퉁퉁 불어 있고
선착장까지 데려다준 길들이 고개 들어 힐끗
교실을 바라보고 있다
칸나의 뿌리 속으로도 해풍에 녹스는
어둠이 자리잡고

이곳을 떠나면 죽음의 나라
나는 낡은 풍금의 페달을 밟으며 로라를 이름
부른다 낮은 구름들이 웅성거리며
섬의 주위로 내려온다

풍향계를 바라보면 바람은 나에게 들키고
페달을 밟고 있는 나의 리듬이
자꾸 어둡고 깊어질 때

바다는 잠시 그의 품안에 들어서는
물고기나 난류를 허락하고 있는 것 같다
로라 나는 언제 온몸의 외로운 이끼를 씻고
그대의 낯익은 고장으로 달려갈 것인가
봉화대는 늘 어둡고
어두워져 있고

저녁의 푸른 노트

새들은 공기의 슬픈 틈새로 날아다니다
공기들이 빽빽해지면
부드러운 땅으로 내려온다
짐승들은 식물의 구석에서
태어나 식물을 즐기고
죽어서 식물의 뿌리에서 자란다
여러 가지를 다스리는 사람들은
여러 가지의 명령을 즐기고
즐거움 사이에다 눈물을 묻으며
외로울 때마다 새나
나무로 변해서 다시 사람들을
건너다보다가
사람이 되어 아침에 일어난다
사람들이 새를 키우고
새의 울음 같은 것들이 사람들을 달랜다
나무들은 새의 집을 짓게 하고
나무들은 부러져 침대나
걸상이 되고
사람들은 봄 가을에 나무를 심는다
식물이 생긴 지 너무 오랜 시간이 흐르고
흘러 짐승이 생기고
그뒤로 사람들 모여 마을을 짓고
각각 자리를 바꾸며
늘 다시 태어난다

태양의 살점 하나로 떨어져나온
지구는 태양을 바라보며 둥글어지고
태양 또한 은하의 어떤 둥근 것을
바라보며 둥글어지고
더 오랜 시간
시간 속으로 떠다니는 사이에
행성끼리도 몸 바꾸며
서로를 건너다보는데
철새 날아가는 물든 하늘이나
나무들 사이 엎드려
나는 외로움을 배운다
새나 나무들이 나를 사람의 일부로
바라보는 저녁
얼마나 작은 아름다움을 굴리며
그것들을 닮아가고 있는지

백색 교회 2

나는 보리밭 이랑을 지나면서도 아무도 부르지 않았다
햇빛은 두 눈 질끈 감고 그의 풀들에게 물과
소금을 나누어주었으며 나는 학교에서 꾸중 들은 대로
또 먼길을 돌아 저녁과 함께 집으로 돌아온다
자꾸 아니라고 했는데도 아버지는 누이를 때렸고
날이 아주 어두워져버렸는데도 나는 염소를 몰고
어둠의 맨 가장자리에서 싹튼 풀잎을 찾아다녔다
보리밭을 빠져나오듯이 하늘은 정말 소리도 없이
열리거나 닫혔다 제발 빨리 여름이 가버려야 할 텐데
보리밭과 은하수가 흐름을 멈춘 곳과 아버지의
술냄새가 서로 뒤엉켜 싸운다 나는
염소를 더 멀리 몰고 가 실수처럼
우리 마을로 떨어진 별똥별 하나를 나누어 먹으며
그 먼 지방의 방법으로 잠드는 습관을 배웠다

金과 진공

金

그 시절의 슬픔들이 모래와 함께 강으로
내려가 물의 힘으로 증발하고 어떤 것은
물 아래로 앙금이 되어 짓눌리고 하여
금이 된다면, 세월이 흐른 만큼 또 어디에서 흘러와
내가 나의 뒤에 나타날 어떤
슬픔의 문 앞에서 빛날 수 있다면
나는 풀밭에 두 발을 담그고
풀밭의 뿌리에서 몸 바꾸는 나의 무수한
아버지들과 나의 아이들이 이루는 음악을
듣곤 한다 태양은 정오에도 멈추지 않고
쉬임 없이 그의 두 팔을 움직여 지나간
겨울을 아주 오랜 시간의 어느 자리에
앉게 한다 나는 그 시절 슬픔의 이름들을
노트에 적는다

진공

백지 한 장 풀밭에 던져져 있다
옥수수알처럼 굴러떨어지는 햇빛 나비
한 마리 정오를 넘어간다 나는 어찌할 바를 모르고
시간 속으로 달려나가지만 바람은
귓전에서 생기지 않는다 죽은 아버지들이
일렬로 서 있다 가로수처럼 여름은 푸르고
무성한 그늘이 울려나오고 나는 어찌할 바를

모르고 돌과 무릎을 맞대고
이런 진공 같은 햇빛의 내부로
문을 잠그고 나는 숨을 멈춘다 어쩌면
백지 속으로 풀밭이 들어와 있었는지도
모를 일이다 나도 공기의 투명한 통로를
지나 죽은 아버지의 바로 옆에 서 있고
여름의 꼭대기로 올라간 나무에서 바람이
생겨나 나의 검은 머리카락을
햇빛 속으로 풀어놓고 풀어놓기만 하고
바람의 맨 앞이 하늘 속으로 달려
내려간다

금과 진공

나는 저녁 식탁 위에 저녁의 세례를 올려놓는다
접시 하나 맑게 비워져 있고
정오의 건물이 그림자를 정확하게
땅으로 내려놓을 때, 내가 나의 몸속으로
집어넣는 세계는 결국
나의 몸속에서 사라지지만 어쩔 수
없다 내가 둥근 둥지에서 태어났으므로
여자의 어두운 몸에서 자랐으므로 세계의 모든 저녁
위를 날아본다 하여도 세계는 나를 올려다보지
않을 것이다 내가 온몸을 열어 시간을
껴안고 지평선까지 달려가 떨어지는

태양을 내려다볼 때 나는 세계의 가운데에
식탁 하나 내놓고 싶다
식탁 위에 태양을 올려놓고 내가 태양의
주위를 돌고 싶다 그러면 나의 몸 주변에 아름다운
위성 몇 개 생겨나 달을 만들고 아
나는 맨 처음의 날 그날의 오전을
자세히 지켜볼 수 있었을 것인데
그리하여 그것이 아니었다라고 말해줄 수 있었을 것인데 세계는
허물어진다 나의 몸속으로 허물어져
내린다 이 오랜 중력의 힘으로

나의 생각은 석류처럼 익어간다

내가 돌과 무릎을 맞대고 하루를 보낼 때
가을은 어디선가 죽는다 잠자리의 날개 끝에서
아침의 이슬을 떨어뜨리며
나의 망막에도 물방울 하나 돋게 하며
가을은 어디에선가 죽어가고 있다 하얗게
생각의 씨앗을 단단하게 해주면서
어렴풋한 세계는 나에게
없던 문을 만들어준다
아침으로 달려나갈 때
나는 그 문에 이마를 찧고 피 흘린다 어디선가 가을은
바람 속에 죽어가는 소리를 섞어놓고
우물 속으로 빠지기도 한다
하루의 끝에 무심한 돌이 쌓일 때
하늘은 붉은 노을을 베풀어 지상에서 땅 위로
돌을 던지게 한다 어렴풋하게 가을은
눕고 가을 위로 돌들이 쌓이고
돌 위에 문 하나 우뚝 서
나는 그 문을 두드리지만
분명 그 문 뒤에 환한 불의 심지 하나
우뚝 서 있을 것이라 믿지만
내 이마의 많은 피로도 그 문은 열리지 않는다
세계의 중심에 박혀 있는 생의 어떤 심지를 올리고
가을처럼 바짝 말라 타 없어질 수 있다면
한순간 나의 불빛으로 돌은 쉽게 모래가 되고

가을은 하얀 눈을 맞으러 일어설 텐데
세계는 푸른 윤곽만으로
가을을 가득 채우고 그 푸른 윤곽만으로
생애의 어두운 잔등을 두드리고 있다

시간의 책

언덕에 가면
그 언덕이 바라보고 있는 더 큰
언덕 자리잡고 서 있어
언덕 사이로 오래된 물 하나씩
차례로 모이고 물을 앞질러
바다에 이르면 바다는 늘
바다로 떠나고 하늘은 두 팔 벌려
열려 있다 시간의 어깨 위
먼지 내려 쌓이고 이 녹슨
잔등에 올라서면 자욱한
시간이 보일까 언덕은
언덕끼리 싸우고 오래된
물방울 하나 바다에 이르고
다시 물방울로 되기까지
얼마나 상처 입어 둥글어지는지
마찬가지로
아직 사랑하는 사람 하나
사랑하는 사람에게 가면
저녁마다 피 흘리고
상처를 말리러 언덕에 이르면
정면으로 떠오르는 언덕의
언덕
멀리서 바다는 등 돌려
강줄기를 버리고 강줄기는

언덕을 버리고 사랑하는
사람 하나 온종일
등불을 들고 세월의
녹슨 잔등 쪽으로 슬픔이
환하게 열려 있을지도 모르는
어떤 시간의 언덕을 오르지만

방랑자여, 슈파……로 가려는가

1

덧문을 닫고 우리들은 몸의 피를 바꾼다 소리 없이
거대해지는 문밖의 시간들
이 시간에서 아주 다른 시간으로 이사해버리고 싶어 우리들은
젖은 들에 남아 있는 사건과 적의들을 문밖에
내버려둔다 우리가 저 들을 바라보는 것일까 아니면
저 빈 들의 새들이 우리들의 눈 속으로 들어오는 것일까 소리 없이
거대해지는 한낮 우리들의 혈관은 투스텝으로
이 시간을 떠나고 싶어한다 바다에서 들을 지나
우리의 발밑까지 달려오는 길을 자르고 길 위에는 그
길만 남게 하고 우리들은 피를 바꾸고 떠나려 한다

2

그러나 다시 저녁은 종루의 종소리를 끌어내린다
반가운 일이 생기지 않았다 오래된 책갈피에서 찾아낸
옛사람의 주소처럼 이미 그곳에는 없는 것들
길모퉁이에는 언제나 내 나이만한 무게와
부피의 우울이 서서 기다리고
내가 알고 있는 사람들이 그러한 것처럼
내가 모르고 있는 사람들 또한 그러한 것처럼
하루하루는 그런 모습을 하고
어디로인가 사라지고 있었다(사라진다는 것은 얼마나

다행한 버릇인가) 나의 신앙은
단단해지지 않았다 그리고 언제인가 결정했던 빛의 민족임도
거부해야 했다 손뼉을 치면 손뼉 속에서 순결한
비둘기들 날아오르리라는 기대도 저버려야 했다

3
횃불
아니면 축제의 날을 기다리는가
그러면 나의 집으로 오라
저녁에 내린 생의 닻을 한없이 길게 내리고 한낮의
눈썹을 버리고 나의 집 언덕 나무 아래로 오라
이미 죽은 사람들이 잃어버린 시간의
마른 나무둥치에 내 피로 만든 기름을 부어주리니
횃불을 그리워하는가
아직 지상에 없던 축제의 날을
영원토록 간직하고 싶어하는가 그렇다면
그대의 모국어를 지우고 그대의
시간에 전 이름들을 버리고 달려오라

4
아주 작은 아침이 길섶으로 들어선다
강으로 나가는 가장 빠른 길을 고를 수 있도록
나는 나의 아침을 찾아낸다 외로울수록

투명에 가까워지는 나의 운명을 이제 알았으므로
길 위에 나 혼자 둥둥 떠 있을 수 있어
강에서 잘려나가는 길의 끝에서도 이젠 허락할 수
있어 내 슬픔의 나라
변방에서도 지금은 작은 아침이 돌 속에 박히고
기억할 수 있어 나의 눈물에 서식하는 파란 식물들을
아주 작은 태양이 바람을 덥히고 있구나
강에 다 와서 이제는 나에게 다 들켜버린 여름의
나무들과 그 숲속의 사건들을
강까지 다 와서야 감당할 수 있을 것 같구나
이제 돌아갈 것이다

그러나 우리 축제의 밤 한순간
검은 뼈를 드러내고 우리의 피를 바꾸며
소리지를 때 아무것도 없고 아니 모든 것은 다
있을 곳에 있었고 그래서 오직 우리들만이
환한 내부로 가득 차오르던 것을
몸 밖으로 오래된 피 터져나오고 검은 숲이 우리 몸속
으로 들어와 번식하던 것을
하늘의 별들이 푸른 심지 길게 내리던 것을
오래오래 간직할 것이다 강이
간다 빈 강이
간다 아 강은 가서
언제 빛의 깊은 입맞춤으로 증발할 것이냐

낙타의 꿈

그가 나를 버렸을 때
나는 물을 버렸다
내가 물을 버렸을 때
물은 울며 빛을 잃었다
나무들이 그 자리에서
어두워지는 저녁 그는
나를 데리러 왔다 자욱한 노을을 헤치고
헤치고 오는 것이 그대로 하나의
길이 되어 나는 그 길의 마지막에서
그의 잔등이 되었다
오랫동안 그리워해야 할
많은 것을 버리고
깊은 눈으로 푸른 나무들 사이의
마을을 바라보는 동안 그는 손을 흔들었다
나는 이미 사막의 입구에 닿아 있었다
그리고 그의 길의 일부가
내 길의 전부가 되었다 그가 거느리던
나라의 경계는 사방의 지평선이므로
그를 싣고 걸어가는 모래언덕은
언제나 처음이었다
모래의 지붕에서 만나는 무수한
아침과 저녁을 건너는
그다음의 아침과 태양
애초에 그가 나에게서 원한 것은

그가 사용할 만큼의 물이었으므로
나는 늘 물의 모습을 하고 그의 명령에 따랐다
햇빛이 떨어지는 속도와 똑같이
별이 내려오고 별이 내려오는 힘으로
물은 모래의 뿌리로 스며들었다
그의 이마는 하늘의 말로 가득가득 빛나고
빛나는 만큼 목말라했고
그때마다 나는 물이 고여 있는 모래의
뿌리를 들추어 내 몸속에 물을 간직했다
해가 뜨면 모래를 제외하고는 전부 해
바람 불면 모래와 함께 전부 바람인 곳
나는 내 몸속의 물을 꺼내
그의 마른 얼굴을 씻어주었다
그가 나를 사랑하였을 때
나는 많은 물을 거느렸다
그가 하늘과 교신하고 있을 때
나는 모래들이 이루는 음악을 들었다
그림자 없는 많은 나무가 있고
그의 아래에서 바라보는 세계는
늘 지나가고 그 나무들 사이로 바람 불고
바람에 흐느끼는 우거진 식물과 식물을
사랑하는 짐승들이 생겨나고
내 잔등 위에서 움직이는 그가
그 모든 것을 다스려 죽을 것은 죽게 하고

죽은 자리마다 그 모습을 닮은
나무나 짐승을 세워놓고 지나간다
도중에 그는 몇 번이나 내 몸속의
물을 꺼내 마시고 몸을 청결히 했다
모래언덕이 메아리를 만들어 멀리
멀리로 울려퍼지게 하는 그의 노래
그가 드디어 사막을 바다로 바꾸었을 때
나는 바다의 환한 입구에서
홀로 늙어가기 시작했다
출렁출렁 바다 위에서 그를 섬기고 싶었지만
그는 뚜벅뚜벅 바다 위를 걸어나갔다
오랜 세월이 흘러가고
또한 흘러와
사막이 아닌 곳에서 그를 섬기는 일이
사막으로 들어가는 일로 변하고
바다가 다시 사막으로 바뀌어
바다의 입구에서 나는 작은 배가 되지 못하고
종일토록 외롭고
밤새도록 쓸쓸한 나날
그가 나를 떠났을 때
나는 물을 버렸다
버리고 버리는 일도 다시 버리고
나도 남지 않았을 때

나는 불을 가진다

왼편에서 새가 한 마리 날아올랐다 그리고 멀리
있던 날들이 내 주위로 자욱하게 몰려들었다 햇빛이
아주 폭신하다 그 새는 태양 속으로 날아갔을까

나무들의 키가 김환기만하다 나무들이 수액에 여름을
섞어 나뭇잎까지 올라가고 있다 새는 보이지 않는다
내가 옛날에 아주 멀리로 갖다놓았던 날들이 온다
오고 있다

나는 오늘 불을 가질 것이다 그리고 성큼
성큼 시간의 계단을 두 칸씩 올라 그날의 어깨에
불을 올려놓을 것이다 나의 이마를 아주
환하게 닦은 후에

나는 시간의 가운데에서 두 팔을 벌린다 가고
다시는 오지 않는 것들 죽은 후배처럼 강에서 나오지
않고 한번 잔등을 보이면 얼굴이 보이지 않는 것들
내가 껴안을 수 있는 시간은 얼마나 작아지는가

그때 나는 새의 오른편에 서 있었다 태양은
남쪽에서 나를 바라보고 있었다 나는 손뼉을 쳤고
손뼉 사이에서 순결한 비둘기들이 날아올랐다
그 새는 나의 살 속에서 검은 뼈를 먹고 살았다

오늘 햇빛은 왜 이렇게 푹신할까 아 나른하다
겨드랑이에 새알을 하나씩 끼워넣은 것 같다 오늘 나는
불을 가질 것이다 그리고 금박의 노트에 몇 개의
형용사를 적을 것이다 어지러운, 피곤한, 막막한,
고요한, 황금의 형용사들 황금의 문법들

사실 나는 새의 잔등에 나를 실어보냈다 그리고
태양의 입구에서 죽어가길 원했다

황금을 불에 태우리라 나는 그날들이 나의 왼편에서
오른편으로 지나갈 때 나는 피부의 모든 구멍들을
열어놓고 숨쉬리라 가장 넓은 가슴에서 피를 펌프질하며
나는 그날과 함께 달려가리라

새는 날아갔다 햇빛은 평화처럼 울려퍼지고 있었다
개나리 색깔을 한 정부가 지나가고 아버지의
피난열차도 바다에 가까워진다 목적에 시달리는
가난한 수단도 지나가고 정오에는 시계들이 일제히
한군데로 모였다 아이들은 하루의 대부분을 어른들과
살았고 노인들은 양지바른 담장 아래 모여
서로의 죽음을 꺼내 보이며 유년을 자랑하기도 했다

나는 나에게 말한다 불을 준비해라

새는 돌아오지 않는다 새의 잔등에 실어보낸
사랑의 축전도 돌아오지 않는다 있을 수 있는 일들이
일어났고 있을 수 없는 일들도 가끔 일어나고 말았다
나는 황금의 노트에 그 일들의 그림자를 그려넣는다
그러나 그날이 산을 넘고 들을 지나 사방에서
몰려들고 있으므로 나는 새를 날려보내는 형식으로
황금의 문장들을 태워버렸다

그날이 문밖에 서 있다 이제 노크하리라

운명의 톱밥들 햇빛은 그 맨 처음의 날에 내려오던 모습
그대로이다 뭐 변한 것은 없는가 그날이
문밖에서 두리번거리는데 변하고 있는 것은
아무것도 없었다 모든 것들이 그대로 움직이거나
운동을 안으로 간직한 채 움직이지 않았다

나는 오늘 불이다

나 오늘 혼자 불을 가지고 그날의 이마 앞으로
나서려 한다 정면에서 그날에게 말하리라 너는
누구냐 네가 무엇이길래 어둠과 어둠 사이로 빛을
끼워넣으며 목마르게 하느냐 너의 어떤 관심으로
나를 이 땅으로 던졌느냐 이제 말해다오 아

말해다오 아 불이 온다 불이 나의 주위로 몰려든다
두근거리면서 이제 모두 땅의 높이로 쓰러지리라 나는
불이다 내가 달려가리라 너는 그곳에 서 있어라

여름의 평일

태양 속에 나의 무덤이 있다
유리창 가에서 세월의 부끄러운 길목마다
깃대를 세우고 깃발이 다시
힘껏 펄럭이기를 바라는
하염없는 시간

태양을 나의 기억 어느 언덕에 멈추게 하면
저녁마다 갈라져나오던 강물 줄기가
환하게 모이고 마당이나 산은 옛날의 크기로
커지고 들새들은 아주 높이 날고 있다
나는 아직 그렇게 슬프지 않았다

나의 무덤은 태양 속에 자라고
세계의 하루는 해 지는 시간이 있어
아름답다 불질러 아버지를 떠난 것도
그 시절의 사랑도
언덕에서 내려다보면
좁은 어깨를 하고
그 자리에서 그 자리로 떠나고 있는 것을

저녁에는 외로워
어둠에 익숙해지도록 오후부터 나무
아래로 간다 나무들의 뿌리가 오래된
흙을 곱게 부수는 소리

나는 햇빛을 골고루 깔아
유리창 가에 잠자리를 만들고
펄럭이지 않는 깃발들을 내린다

하루종일 태양을 바라보며 살아 있는
나는 태양 속에 무덤 하나
만들고

세상의 하루하루는 해가 지는
무덤이 허물어지는 풍경이 있어
아름답다
그리하여 새벽은 오고
나의 지루한 태양이 둥 둥
어디론가 떠다니고

백색 교회

우리를 앞서가 있는 시간이 우리들 가까이로
오지 않기를 바랐지만 기다리지 않아도
다가오고야 마는 시간과 시간을 접어버리는 노을 아래의
저녁들, 깨어진 병을 쓸어모으며 우리는 그 병 속에서
새 한 마리 하늘로 다시 갇히고 있음을 보았다
서울의 어느 구석, 경상북도와 목포 혹은 황해도가
술을 마시고 있거나 술에서 깨어나곤 하였다 지붕까지
올라간 넝쿨은 장미를 피워놓고 후회하고
잠의 가장자리로 언제나 고향은 한낮의 굴렁쇠를 굴렸고
고향 하늘에 밧줄을 걸어놓고 죽어간 여자들을
서울은 다시 죽이고 있었다 강을 건너 화물열차에서
겨울이 실려 올라오고 신문지 구석에서 오빠를 부르는
소리와
같은 귀를 가진 우리들이 모여 그 소리를
메아리처럼 다시 들을 때 멀리 있던 날들이 너무 빨리
우리들 가까이로 와서 저녁의 불을 밝히고 있음을
알았다 내가 우리들을 위하여 할 수 있었던 것은
손목의 시계를 멈추게 하는 일뿐 그런 하찮은 짓뿐
우리들은 그 멀리 있던 날의 서울을 그 멀리 있던
날의 한낮에 세워놓고 있었지만 서울에서 내가
문득 얼굴을 부딪는 멀리 있던 날들은 지금 지하도로
내려가는 사람들에게 비둘기를 팔고 비둘기의 하늘을
사고
강변에다 버리기도 한다 내가 함부로 우리라고 말하던

우리들도 멀리 있던 날이 가까워 옴에 따라 서로
흩어지고 사람들의 간격 사이로 숨고
누구의 것도 아닌 환한 고향을 떠들면서
고향의 입구에는 없던 누이들을 세워놓는다 멀리
있던 날들이 너무 가까이로 와서 저녁에는 불을 밝히고
아침에는 아침을 갖다놓았다

우리가 좀더 태양 가까이로 갈 수 있다면
지평선 아래에서부터 빛을 좀더 일찍 뿜어올려
지금 우리들의 새벽이 아침이라면 집에 들어가지 못한
집에 있던 사람들 집에서 나올 수 있을 것인데
귤을 까며 어둠의 껍질이 벗겨지기를 바라는 우리들은
지금 태양에서 내려오는 밧줄을 안다
정오에는 건물 속으로 우리를 불러들일 것이고
횡단보도에서 우리들 앞으로 푸른 불을 켜주기도 하면서
정각에 우리들이 사랑을 만나러 가도 사랑을 한 십 분쯤
늦게 도착시킬 것이다 귤껍질에 다시 어둠을
싸면서 겨울은 겨울이 아니었을 때 울리지 못한
종을 매일 두드린다 태양을 좀더 가까운 거리에서
만날 수 있다면 지평선이 좀더 아래로 내려가 있다면
그 일은 좀더 늦게 나를 만났거나 만나지 않았을지도
모르는 것인데 어둠을 한 칸씩 한낮 사이로 밀어넣으며
우리는 우리들이 걸어가는 속도로 시간을 나누어놓고
시간 위를 지나가는 사람들을 놓쳐버린다

2부

새

먹이를 하늘에서 구하는 새는 없다
아무리 날아도 하늘이 넓은 것은 아니다
두어 뼘 날개가 작고
눈이 너무 작을 뿐이다
새가 먹이를 공중에서 구할 수 있다면 발은
도대체 필요가 없는 것이다
둥지의 뿌리를 땅속에 박고
공기의 계단에서 녹스는 날갯짓으로
새는 결코 하늘에서 하늘을 염려하지 않는다
새의 날개도 결국은 마른땅에서 썩는다

물위의 집

한때, 나무들의 그림자가 나무를 놓고 서둘러
동편으로 사라지는 걸 바라보곤 하였다

어쩌면, 태양은 그가 만드는 그림자를 매우 싫어하는
것이다
생각하기도 하였다 아니면, 그림자들이 너무나 태양을
바라보고
싫어하는 탓으로 태양은 언덕 아래로 굴러떨어지는 것
이라고도
말한 적이 있다

물위에는 그림자가 살지 않는다
구름 없는 날 나는 작은 배에
땅의 끝에서 잘려나간 길을 싣고 바다로 나온다
바다와 햇빛 그리고, 유일한 그림자인 나는
진공관의 내부처럼 고요하다

그때는, 여름이었다
나는 내가 만들고 있는 물위의 길을
기록하려고 애썼다…… 그러나,
한순간의 길인 것임을 내가
알 수 없는 물의 움직임으로
사라져버리는 것임을

나는 바다 위에서
유일한 그림자인 나의 그림자를 내려다본다
나의 작은 배를 벗어나는 그림자는
물에 빠져 죽고 나의 작은 그림자는
나의 작은 배 위에만 남아 있다
왜 나는 태양과 그림자 사이에 있어야 하는가

물은 잔잔해져야 햇빛을 반사한다
물은 고요해져서야 태양을 정면으로 바라본다

여름의 저녁답
작은 배에서 나는
물의 끝에서 부러진 물의 길을 들고
땅의 끝으로 올라선다
땅의 끝에서 올라온다

탈지면 같은 시간
나는 아주 고요해져 있다

검은 돛배

나의 무덤은 커야 한다

종소리는 적벽에 부딪혀 금이 간다
마른 어깨에 실려 있는 마른 저녁
길에서 죽지 못한 도보고행승은 아름답다
먼지 나는 길에 떠 있는 돛배
아지랑이라도 지나가는가

오늘도 사랑을 끝내지 못하고 돌아간다
나는 무덤이라도 큰 것으로 가져야지
봄 언덕 종다리와 보리의 뿌리들이
흙을 곱게 만들고

저렇게 금간 종소리는 어디로 가 쌓이는지
언제쯤 부서진 것인지
적벽은 붉구나

나는 무덤이라도 커야 한다
무덤 하나라도 검은 나를 힘껏 껴안아주어야 한다
마른 봄 아침 길
아 이슬 맞은 어린 진달래라도 미친 듯 씹으며

길 위에서 죽지 않을
도보고행승은 얼마나 아름다운가

저녁 적벽으로 걸어가는 종소리
붉구나 너무나 붉구나

나는 그를 모른다

나는 그를 모른다 플라타너스보다
그늘이 많은 사람 나는 지금 그의 곁에 없지만
노트 겉장의 글씨처럼 아직도 나는
그의 이름을 천천히 쓰고 천천히 읽는다
오후 세시의 사랑은 오후 세시에 끝나고
더운 물에 손을 씻는다 잉게보르크
바흐만이라도 읽을까 눈을 들어
강변으로 나 있는 송전선보다 빨리

나는 저녁의 그 집에 닿고 있다
그림 속으로 들어오는 듯한 걸음걸이로 그는 집으로 돌아온다
찻잔이나 옷걸이에는 일부러 먼지를 묻혀놓고
상류의 폭우를 이야기하지만 아직 그는
그림 속에서 집으로 들어오지 않고 가방 속에서 오래된 무관심을 꺼내놓는다
여름휴가
여름의 휴가
나는 그를 아직 알 수 없다

해바라기가 많은 그 집으로 이사를 하지요 그럼
당신의 아이를 서른 명 낳아주겠어요
서른 명 서른 살
그는 나를 모른다 플라타너스보다

낙엽을 많이 만들어내는 사람
그는 그림 속에서 잠자고
그림 속에서 식사를 한다
그때 서른 살이 언덕 너머 멀리에 있을 때 그때
나는 왜 그곳을 지나갔을까

해바라기 씨앗이라도 사올까
씨앗만이라도
오후 세시 전화로 끝나버리는 사랑
나는 순결한 사각형으로 남아 있고
그의 여름휴가는 어디에 가 있을까
강변으로 나 있는 의자에는 먼지가 쌓여 있다
서른 살 그는 아직 나를 모르고
해바라기는 불을 끈다

나는 이미 서른 살인 것이다

내 젖은 구두를 해에게 보여줄 때

그는 두꺼운 그늘로 옷을 짓는다
아침에 내가 입고 햇빛의 문 안으로 들어설 때
해가 바라보는 나의 초록빛 옷은 그가 만들어준 것이다
나의 커다란 옷은 주머니가 작다

그는 나보다 옷부터 미리 만들어놓았다
그러므로 내가 아닌 그 누가 생겨났다 하더라도
그는 서슴지 않고 이 초록빛 옷을 입히며
말 한마디 없이 아침에는
햇빛의 문을 열어주었을 것이다

저녁에 나의 초록빛 옷은 바래진다
그러면 나는 초록빛 옷을 저무는 해에게 보여주는데
그는 소리 없이 햇빛의 문을 잠가버린다

어두운 곳에서도 내가 좋아하는
수많은 것은 나를 좋아하는 경우가 드물고
설령 있다고 해도 나의 초록빛 옷에서
이상한 빛이 난다고 말한다 사람들은
나의 초록빛을 좋아하지 않는다

그는 두꺼운 그늘의 섬유로 옷을 만든다
그는 커다란 그늘 위에서 산다
그는 말이 없다

그는 나보다 먼저 옷을 지어놓았다
그렇다고 나를 기다린 것도 아니어서
나의 초록빛 옷은 주머니가 작으며
아주 무겁다

극히 드문 일이지만 어떤 이들은 나의 이상한
눈빛은 초록빛 옷에서 기인한다고도 말하고
눈빛이 초록빛이라고도 말하는데
나와 오래 이야기하려 들지 않는다

그는 두꺼운 그늘을 먹고 산다
그는 무거운 그늘과 잠들고
아침마다 햇빛의 문을 열며 나에게 초록빛 옷을
입힌다 아침마다 그는

저문 길이 무어라 하더냐

이미 여름인 것이어서, 이미
저녁인 것이어서, 길은 등짐 가득 마른 어둠만 실어나르고 어둠
안깃에서는 낡은 뼈 몇 무더기 허물어지는 소리로
적막할 뿐, 가끔 그래, 아주 가끔
뻐꾸기가 울었다 저 물에서 무덤 몇 개 건져올려 이 산으로
올라올 때 뻐꾸기는 울었었다 그리고 또, 이런 산안개는
무시로 피어오르고 내려가고, 무엇과 부딪쳐 소리나는 것들은
억새풀 높이로 쌓이는 것이었다 아직, 인광을 품고 있어서
인광은 눈썹을 치켜올리고 인가로 내려가는 길을 소리 없이
드러내었다가, 어디 설운 집 지붕에 박꽃으로
피었다가, 그 집 구렁이가 내는 소리로 그 집 안택의
살 속에 자리잡고, 자리잡았다가
한여름밤에도 먼지가 일었다, 캑캑거리며 나는 오래된 포도원으로나
숨어들어가 시린 이가 파랗게 물들도록, 포도송이 속으로는
그 많은 날의 눈물들을 가득가득 쑤셔넣어 씨앗으로 뱉어내는, 이런 작은
죄를 나는 즐기고도 있었다 나의 죄가 포도 빛깔로 질

게 물들면
이제, 낡은 뼈 마른 냄새는 지워지고 또, 나는 캑캑거리며
새벽길로 나서야 할 판이었다 가까운 데, 어디 우물이라도 숨겨져 있으면
아직 사람이 빠져 죽지 않은 우물이라면, 단지
너그러운 바위들이 너그럽게 나누어준, 풀잎들이 모아놓은 물이라면
내 피를 다 밖으로만 뽑아내고 뽑아내, 새로 채워넣을 것인데,
이미, 새벽인 것이어서 이렇게, 뒤헝클어진 혼들을 어디에다 숨기고
숨겨놓고, 나는 길 위로 둥실 떠어올라
이 길 위로 지나갔던 모든 이들처럼, 지나갈 모든 이들처럼
여름 한낮 고스란히, 그림자를 땡볕에 빼앗겨야 하는 것이었다

새야 새야

건널목이었는데 눈발이 푸석거리는 소읍의 건널목이었는데
단지 객창의 어수룩한 불빛이 보고 싶었을 따름인데
몇 뼘의 취기와 치기와 더불어 나는 내다보고 싶었는데
겨우 내내 나는 도보고행승에 빠져서 그곳까지 이 소읍까지
다다른 것이었는데 지랄 바다가 키우는 이 소읍도 텅 비인 것이어서
지금 눈이나 함빡 받아들이고 있었다 해안통에라도 나갈라치면
이 소읍의 형상 그대로 두 다리를 벌리고 앉아 있는
여자들처럼 이 사람 사는 소읍은 수시로 얼굴을 바꾸고 눈길을
주었다 뺏었다 하는 것이어서 제기랄 눈길을 걸어오는 나를
여기 이 건널목에서 보통열차를 핑계 삼아 기다리고 있는데
나는 내가 싫어져서 이 낯선 소읍이 감추는 지난밤의
밤길처럼 나를 자꾸 감추고만 있었던 것이다 보통열차가 지나가지
않는다 고름처럼 눈은 발치에서 녹아 흐르고 이 병균의 솜
소읍의 심지가 까맣게 타들어가고 나는 아까부터 약간의 취기를

핑계 삼아 나를 소읍의 중심에다 올려놓고 오는 눈 가는 눈발
다 내다보며 오는 나와 떠나는 나를 다 지켜보며 나를 태우고
있었다 건널목이었는데 씨발 나의 잔등을 밀던 잠과 내가
밀고 오던 잠이 한꺼번에 나를 덮치자 잠의 안깃에서
그 많은 이름과 거리와 풍경이 함께 우르르 쏟아져
건널목의 그 옥수수알 같은 타종 소리와 함께 나는 애잔해지고
또 울려고 하였다 내가 앉아버리면 그곳은 바로 바다였으니
길이 아니었으니

저문 비

저문 비 내리고
나는 듣는다
가문비나무숲 속
그믐밤보다 깊게 만나는 물방울의
맨 처음을 나는 듣는다 지나가버린 잠을
밟으며 잃어버린 발자국 소리를 건지며
저문 비를 곁에 둔다
오늘이 며칠일까 궁금하지 않던 날들을
저문 비에 젖게 하며
가문비나무숲 속
그믐밤의 흰 것보다 빛나던
그 밤의 파열을 한아름
나는 듣는다

오래된 악보

항생제를 먹는다 나는 아침을 먹고
파란 항생제를 먹는다 이른 황사가
시작하고 있다 집과 거리와 먼 들판이 많이
녹슨다 나는 사월의 노래를 부른다 유리창에
바다를 건너온 모래들이 부딪힌다 점심을 먹고
나는 항생제를 먹는다 나의 귀에서 흘러내리는 모래
저녁으로 내려가는 시곗바늘에 염소들이 매달린다
부서지는 그림자를 들고 사람들이 집으로 돌아간다
나는 더운물로 항생제를 먹는다 사월의 사진첩
황사는 삼각붕대처럼 나의 집을 에워싸고 있다
잠들기 전에 나는 항생제를 먹는다 나의 눈에서
검은 모래가 많이 흘러나온다
황사가 어둠의 밑동에 눕는다
아 약기운이 떨어진다

봄밤

잠복기가 일정치 않은 돌림병처럼
봄밤은 무섭다
떠난 사랑 돌아간 사람 늘 두 눈 부릅뜨고
가슴에 남아 사월의 힘 그대로 있구나
무서운 만큼 나를 못살게, 살게 해서
봄밤을 곁에 둔
팍팍한 길, 마른 발자국도 도장 파듯 걷게 한다
떠난 사랑 온몸에 퍼져
내 갈 길에도 흥건히 스며들어
나 곧 그 돌림병에 걸리겠구나
돌림병에 몇 바퀴 돌아가며, 눈썹 지워지고
지문도 뭉개지면서
길가에서 얻은 먹이의 종(種)을 가려내
번잡한 곳을 지나서는 오래 양치를 해야 할 것이지만
살아왔었음이 더욱 두려워
봄밤 부옇게, 길바닥에 흔들리는 그림자
온몸으로 지우며 몸부림 같은 침묵으로
돌림병, 그 소문의 집 문을
두드릴 것이다

황혼병

저울질하며 추적추적 걸어왔구나
노을에 발목이 빠지면서, 빈 하늘에 버린 이름들
속에서 해진 나를 찾고, 찾으며
어허, 한번 웃는 것인데 쓸데없이 저울질하며
여기까지, 언제나 시작인 마지막의
노을, 그 실뿌리에 감기며 문득
새빨개지는 피를 흔들어보는 것이구나, 어허
살어라 살어라 하는구나, 그래, 노을에 흥건히
빠진, 빠져 있는, 이승의 발목을 건지면서
뒤돌아보면서, 기우뚱거리면서
소금기 많은 웃음을 몸 밖으로 흘려봤구나
저녁이면 사람의 서쪽이 붉도록 아픈 병
전염은 되지 않으나 여간해선, 고치기 어려운
어허,

우울한 악보
—온갖 풀들의 뿌리는 그러나 그들의 꽃을 볼 수 없게 되어 있으니

그래 너도 이런 날 저물 무렵이면
은행나무쯤으로 한껏 낙엽이나 만들어, 버릴 것
모두 버리고, 그늘이 있던 자리까지도 비워내면서
땅에 두 발을 담그고 온전한 줄기로만 남아
잠시 서 있을 수 있다면
빛이 있는 나절에는 그림자에게도 얼마쯤의 눈길을 주며
바람 불어 추운 날에는 어둔 뿌리의 얘기도 밤늦도록 들어주면서
그래 너도 은행나무 오래된 것쯤으로
이런 세월의 진한 황달을 한 번의 일로 앓아봤으면
좋을 일, 얼마나 좋을 일인가, 죽일 것들의
이름들, 너의 전부에 달라붙은, 달라붙는 죽일 것들의 이름을
여름날 잎사귀의 푸름에 새겨넣으면서, 어둔 잎사귀의
그늘도 내려놓으면서, 천천히 지나와
이런 날, 하루이틀쯤의 품으로 모두 버릴 수 있다면
그래 겨우내 추운 꿈을 꾸면서 다가오는 봄 앞에
맨몸으로 나설 수 있다면, 맨몸의 부끄러움만으로 봄을
마주볼 수 있다면, 그래
언제나 뜨겁기만 해 싫은 사람의 말 대신에 나도
너의 근처 멀지 않은 어디쯤 은행나무의 수컷으로 서서
넉넉한 바람의 안깃에다 단 한 번의 언어를 집어넣을 수 있다면,

다시 황혼병

누추한 자신의
그림자를 어둠에 슬그머니 넘겨주는 습관
나의 서쪽과 사람의 서편은 늘 빗나가 있고
흥건한 노을, 놀빛
하루는 그렇게 타버려야
어두워지나보다 그런 순간이면
슬그머니 부끄러워진다
나와 사람의 간격이 칠흑처럼 보이지 않을 때
슬그머니 지나온 하룻길이 어처구니없어져서
죽은 피 뽑아버린 만큼 술을 퍼마신다
술을 마신 만큼 캄캄해진다
그림자 있던 자리가 쑤셔온다

길

물은 그릇을 느끼지 않는다
봄길이던가
그리움도 외로운 것도 덧없이 노곤하기만 해
길에 나를 띄우고 갈 때에
남녘이었는가 꽃을 피워내는 뿌리들이 한껏 고단할 때
쉬엄 저녁이 오고 이슥하게 달빛도 뿌려졌었다
물에서 배워 물이 되려고 무진무진
길을 걸었던 모양이었다
포구에서 끊어진 길을 싣고 푸른 다도해던가
어디 섬으로도 들었었다
바다라고 해도 물을 느끼는 것은 손톱만도 못한
파도 같은 물결들일 뿐
해진 옷에선 사람의 소금이 성기고
나는 어느덧 스물이었다
훔쳐낸 아버지의 인감도장을 찍듯이
떨면서 어른이 되어버렸음을 깨닫고야 말았다
그날 이후론 눈앞이 아른거리는 어른이었다

조용한 도시

—너희들의 돌로 만든 과일들, 너희들의 구리로 이루어진 수세기의 사랑들

정전처럼 조용한 시간
낮은 구름들이 웅성거린다 길을 건너는 사람들이나
정문을 나서는 사람들은 입이 없다
빛바랜 포스터가 더듬거리며 나에게 말을 건다 역사의
선은 잘, 려 있거, 나 휘, 어져 있다, 문예회관 소, 극
거리는 정전처럼 조용하다
낮은 구름들의 눈동자가 보인다 어깨동무를 하고
집에는 아무도 없는 것 같다 틀어놓고 나온 수도처럼
전화벨만 흘러넘치고 이렇게 흐린 날 살인이나
정사에 알맞은 날 나는 통근열차를 기다리며
오전에 읽던 죽은 사람의 책을 생각한다
한 인간이 바위를 너무 바라보았기 때문에 바위에게
얻어맞았다 바위는 꼼짝도 하지 않았지만……
나는 다시 포스터를 바라본다 독일풍의 배우
역사의 선은 나에게 닿아 있지 않거나 이미 지나가버렸다
집에는 아무도 없다 나는 이미 열차를 놓치고
숙직하러 가는 나는 나를 데리고 가지 못한다
집에는 아무도 없고 정전처럼 조용한 도시
늙은 공무원들이 트럭을 타고 다니며
저녁을 뿌리고 있다

자네 요즘 어떻게 지내나

집에서 오 분 늦게 나왔다
빙판에서 한 번 넘어지고
횡단보도 신호등은
고장이 나 있었다 집 밖에서는
오십 분이 늦어지고 있었다
주머니 속엔 추첨일이
지난 올림픽복권과 보험카드
버스표 세 개
꺼진 브라운관 색깔로
하늘이 낮아진다
무언가 많이 잃어버린 느낌이 든다
무엇을 많이 빼앗기고 있는지
모른다는 생각이 든다
지하철을 타야겠다
다섯 시간이 늦고 있다
너에게 하고 싶지 않은 말까지도
나에게는 하고 싶었다
땅속에서 검은 바람이 불어온다
그런데,
자네는 요즈음 어떻게 지내나?

구름의 서랍

—모기향처럼 똬리를 틀고 앉아 너는
바짝 마른 그리움에 불을 지피고
앞으로 몇 시간은 더 어둠을 건널 수 있을 터
호우주의보 아랫녘에서 구름의 서랍을 여는 밤
너는 후 불면 날아갈 재로 고스란히 떨어지고
네가 피워내는 연기는 많이 죽음의 냄새를
닮아 있어서 누군가 나의 이름을 부르는 순간
도망자인 나의 숨을 고르게 한다
—원을 원이게 하는 한 점
—굴러가는 바퀴를 바퀴이게 하는 한 점을 너는
생각하게 한다 낙타의 발굽을 손질하는 서역의
여인처럼 느리지만 정확한 몸짓으로 너의 눈은
저 검은 구름의 단단한 등피를 내리누르는
햇빛도 믿게 하여
—도망자의 시계는 습도계보다 섬세한 육감이다
—모기향처럼 똬리를 틀고 나의 잠에 연막을 치는 너는
—한 점 원의 중심에서, 바퀴의 중심에서 약간 훗날
벌써 나를 만나고 있었다 후드득 구름이 서랍을 열고
밤에는 검은 비를 쏟기 시작하였다

늠름한 금욕주의자

백열전등 아래 잠은 일찍 찾아와 무릎 꿇고 있다
자정으로 올라가는 시곗바늘에 옷을 걸어놓는다
잠시 모든 것을 그대라고 부른다
먼지처럼 그리움이 쌓인다 그대가 쌓인다
역사는 창밖으로 지나간다
혈관이 가끔 느린 속도로 터져나간다
역사의 팔목을 끌어당긴다 창녀처럼 골목에서
나의 방으로 역사의 허리를 감싼다 말없이
하루가 하루의 모습으로 잠의 어깨를 두드린다
역사와 함께 자고 싶다
자정에서 내려오는 시간에서 옷을 내린다
역사의 아이를 배고 싶다

돌의 팔

김씨 딸이 관사 앞 뜰의 칸나꽃을 다 분질러버리고
인부들은 다시 올라오지 않았다
인부들이 돌아가자 돌은 움직이지 않았다
여름이 끝날 때까지는 아버님께서 돌을 움직이시다가
나중에는 아버님도 움직이실 수 없게 되었다

짓다가 그만둔 예배당은 너무 커 보인다 지붕이 없어서
밤에는 힘없는 별들이 발을 헛딛기도 했다

나는 알 밴 가재를 잡으러 돌산 계곡으로 갔다

근처에서

집으로 가는 길이 어둡다/휘파람으로 이력서를 써보았었다/
게시판에는 내 이름이 없었다/십구공탄의 구멍을 맞추면서
눈물을 섞었다/방은 뜨겁다/겨울 은하수는 얼어붙어 있었다/
배가 고파서 유리창을 닦았다/사람이 보고 싶어서 누나의 모차르트를 들었었다/
집으로 돌아가는 길이 길고 지루하다/삼 초 이상 여자를 빤히 쳐다보면
그 여자가 나를 좋아한다고 해서/쳐다보다가 뺨을 맞기도 했었다/
자동 노출 카메라를 빌려서 그 여자의 옷 입은 누드를 찍기도 했었다/
영등포를 지나 집으로 가는 길은 언제나 거추장스럽다/
비 오는 영등포를 지나지 않고 집으로 가는 길은 없을까/
술 먹고 애국가를 부르다가 멱살을 잡히기도 했었다/
정문 옆 게시판에는 내 이름이 없었다/집으로 가는 길이/
이다지도/이다지도/집으로 가는 길이 아닌 것 같은 까닭을/
나는 영등포나 애국가로 돌리려 했었다/

휘파람으로 이력서를 써본 사람들은 안다/
불 꺼진 집이 싫어서 무심하게 소주병을 따본 사람들은 안다/
그런데 잃어버린다/잃어버리고 만다/

저녁 방송

필리핀 이야기를 듣는다
아내는
내 충혈된 눈을 안쓰러워하며
석유를 사러 간다
지중해 남쪽에서 대수로 공사를 하는 동생의 편지를 다시 읽는다
저녁 식탁 어디선가 석유 냄새가 나고
밥알은 모래알을 씹는 것 같다
모레부터 예비군훈련이에요 올해부턴 정신교육이 강화된대요
치워 밥상
아내는 내가 남긴 정부미를 다 씹어 삼킨다
밥알과 모래알
케이비에스 토요권투 한비전 십이회전 논타이틀 경기를
흑백텔레비전으로 보다가
꺼버린다
형님 석유값이 내렸다는데 서울은
어떤지요
한 일 년만 더 고생하면 집 한 채는 살 수 있을 것
같아요
여보 권투는 어떻게 되어간대요?
내 위는 모래주머니가 아니므로
소화제를 먹는다
서울 서쪽 울타리 너머 역곡에 살면서

아픈 사람

그 길 걸으면
저녁이 다스리는 실패가 한발 앞서
앞서서 어둠으로 몸 바꾸고
길 끝 바다 주막 문턱에 길을 묶고
실패한 어깨들이 식은땀을 말리는 것인데
아무리 바다에 쑤셔넣어도
이 한밤 도대체 억울해
이 길 끝 바다 먹먹한 어둠으로
몸 바꾸어도 저녁 같은, 지나가버린
그리움 같은, 식은 목소리들
실패한 눈동자들 밖으로
길과 바다는 돌아서고 자꾸만
그 길 걸으면

김씨의 인터뷰

—그는 말이 없었다 어쨌든 그는 말이 없었다

1

우리들의 축복은 아침에 죽는다 물병을 안고 아침 신문의 사회면에서 죽어나간다 우리들의 축복은 지하철 출입문에 끼여 부딪힌다 아는 사람은 다 안다 우리들의 축복은 시장의 리어카에 실려 난지도로 간다 가서 먼지의 무게로 한강의 바닥을 높게 한다 아는 사람들만 안다 우리들의 축복은 우리들이 갖지 못한다 우리들의 축복은 축복이라는 이름 안에서만 축복이다 절망의 문패를 보면 익숙하게 피해버린다 오늘도 우리는 축제의 노래를 부른다 희망은 가장 좋은 의미에서의 거짓말이라고 어쨌든 거짓말임에는 틀림이 없다 아는 사람들 중에도 모르는 사람들이 있다 모르는 사람들 중에도 이미 알아온 사람들도 있고 해서,

2

김씨의 인터뷰, 김씨와 설록차를 마시며 에티오피아 난민들이 사막에 심을 식물 이야기를 나눈다 사막에는 물이 없으니 물이 많이 간직되어 있는 식물의 종자들일 거야, 아무렴 그렇고말구요, 김씨와 인터뷰를 하며 내다본 시청의 옥상에는 대한민국이라는 비표를 단 비둘기들이 하얀 날개를 몸 밖으로 내밀고 있었다 공무원들이 월급으로 사는 안식일 김씨의 인터뷰는 잘 이어나갈 수가 없다 그와 나와는 많이 다르다 나는 시인의 나라 백성이었고 그는 백성의 나라 백성이었으므로 그는 하품하는

사진으로도 말을 할 수 있지만 나는 아무리 큰 질문과 항의를 해도 잡지의 페이지만한 활자의 힘을 갖고 있지 못하다 시청이 내려다보이는 어느 호텔의 라운지에서 김씨는 자꾸 사진에 신경을 쓰고 이 인터뷰의 제목에 간섭을 한다 이 잡지의 독자의 수준과 발행 부수에 너무나 많은 신경을 쓰면서 가끔 민주주의의 깃발이 너무 작음을 이야기하려다가, "호텔에는 껌팔이가 없어서 참 좋아" 그렇지요 호텔에서는 껌을 밖에서 수입하지요, 그럼요! (나는 내일 그를 또 만나야 한다)

잔등

—어머니에게

언덕을 많이 닮아 스스로의 일에는
느려터졌으면서도 바람을 막아준다거나
뒷강물을 느리게 흐르게 하는 데는
더없이 정성이었다
간혹 집 나간 가장을 위해
망부석처럼 언덕을 지켰고
군대 간 아들의 안부 물으며 늦가을
언덕에 쥐불을 놓기도 했었다
언덕 그 느린 능선을 닮아 스스로는
전혀 움직이질 못했었고
언덕에는 이맘때쯤 진달래가 피멍처럼 돋아난다
피멍처럼 돋아난다

구름 그림자

마른 사람들이 사는 나라
지상의 근심이 올라가 구름은 무거워진다
사람의 입에서 나오는 노래가 퍅퍅해지고
사람이 걸어가는 길에서는 먼지가 인다
깡마른 사람들은 자주 하늘을 올려다본다
구름은 그래서 더욱 무거워지고
여름날 무시로 지상에 무거운 그림자를
던진다 이제 그리워해야 할 곳은
아직 오지 않은 내일에만 있다
구름은 만삭보다도 무겁고 조용하다
무섭도록 기쁘다

녹색의 책

언제 구름의 길을 걸어 우리가 만나
목마른 마을 위에 머물 수 있을까
더운 기우제에 맞추어 뛰어내릴 수 있을까

사람들은 손으로 어쩔 수 없을 때
빈 두 손을 비비며 빈다
온 마음으로 어쩌지 못할 때 두 눈 들어
하늘을 부른다

우리 언제 물의 가장 깨끗한 무게로
둥실 떠올라 구름의 길
맑게 몰려다닐 수 있을까

더러는 땅과 부딪치며
세월의 때에 섞이고 굳은
피를 씻고 더러는 아쉬워하며
바다로 들겠지만 우리 언제 고스란히
햇빛에 이 더러움을 말려
물방울로 증발할 수 있을까

붉은 꽃

설운 날 한 달 서른 날을
홀로 넘어도 붉은 꽃 붉음은
바람 속으로 옮겨 앉고
사랑처럼 서투른 낱말들
무릎에 가득 쌓인다
실뿌리 한 가닥에 매달려
오르는 그리움인 것들을
한없이 빨아올리며
하늘 한 자리 우러러 고이는
눈물을 이제 살아 있음의
형식으로만 못질하고
일어서서 바람 속의 붉음을
털어내는 시월이여 더불어
잊고 더불어 잃어버리는 가혹한
고유명사여 피에 묻은 칼이여
나 늘 가슴 작아
홀로 품지 못함이여

3부

양떼 염소떼

아주 편안한 걸음으로 해 지는 서편으로 걸어갈 수 있다면
풀피리 소리 잔등이나 이마 쪽에서 천천히 풀어지고
양떼 사이로 흐르는 강을 따라 침엽수 무성한
모래밭에 발자국을 남길 수 있다면
발자국이 아주 오래도록 남아 있어
적은 양의 빗물도 고이게 하고 풀잎들을 물에 지치게 하고
가장 가까운 계곡을 찾아내 스스로 흘러나가게 하고
양떼 염소떼 하늘로 올라가 구름의 형상으로 자라나
저것이 양떼구름이야 염소떼구름이야 하고
지상의 슬픈 민족들이 신기해하거나 즐거워할 수 있다면
나는 양떼 염소떼 수천 마리 이끌고 어떤 종교의 발생지처럼
죽는 곳을 죽을 때까지 가꾸어놓을 수 있다

어디로 가는 길

이 밤의 어둠에서 쉬리라던 사람
그리는 마음, 보름으로 가는 달밤처럼 커지는데
밤중에도 생겨나는 섬찟한 그림자 숨기며
사람이 제일 무섭다는 밤길, 어서

사람을 피하고, 풀섶에 엎드려 기다리는
사람의 이름, 밤에 우니는 새들의 눈빛을 새기면서
서울로 가는 길이라던가, 저기 밤 불 하나
그림자 하나 제대로 땅에 만들지 못하는

불빛을 건너에 두고, 아하, 어느덧 세월은
이슥하기만 하여라, 이 밤을 어둠에서 쉬리라던
사람은, 강가의 풀섶 이슬을 품는, 어언
새벽에, 어디에 있는가

사람들의 마을을 돌아가면서, 오직
한 사람의 발소리를 기다리면서, 흘끗
그림자를 흔들거리는 달빛에, 기다림에 지쳐, 나를
내보이는, 벌써 새벽녘, 땅에서 우니는
새들의 하늘이, 지금 얼마나 무거운지

이 밤의 어드메에서 쉬리라던 사람,
눈물을 섞어야 들리는 노래처럼, 여간해선 오지 않고
강가에 엎드려, 그림자도 만들지 못하는 불빛에

새벽을 기다리는, 후우, 서울로 가는, 함부로
서울로 가는 길이라던가, 여기, 어디쯤이

길

—한 시절은 길을 어깨에 둘러메고 산그림자 밟으며 걸었으니 길이 키우던 여자와

처음에는 길을 탓할 것이다
맨 처음의 사람을 속절없어 하며
온 길을 뒤돌아볼 것인데
길에 깔린 그만한 세월도 더불어
푹 한숨을 내려놓을 것인데
식어간 사랑도 빈손에 가득 들릴 터이고
가을 시린 냇물에 얼굴의 땟국물도 벗길 테지만
길을 탓하지는 말 일이다

등성이에서 내려다보면
벌써 마음은 젖은 신발을 벗고
마루턱을 올려다보면 구름도 버거울 것이네
빈 벌판 아득하고
더욱이 행인 없는 저문 길일 때에도
등짐에서 낫일랑 꺼내지 말기로 함세
까치밥으로 남긴다는 무 한입
베어물면서 먼지 낀 귀를 열고
별빛들 내려오며 부딪는 풍경 소리 들어도 봄세
이렇게 걷지 않으면 마른 길에도
몹쓸 풀 우거지지 않겠는가

적막강산 2

깊은 골 어디 못다 이룬 잠이 고이고
발자국 헌 데 안개도 고인다
뒤돌아, 아버지의 낡은 어깨를
물끄러미 바라보는 일은 하염이 없구나
산그림자에 푹 싸여
굵은 펜으로 편지를 쓰는데
햇빛에 하얗게 드러나는 길이
무섭도록 고요하다
텁텁한 입안에서 아직 말이 되지 못하는
죽음 혹은 이별이여, 앉은키만한
세월이 골을 거슬러올라온 바람에
불려나간다, 사람을 기다리는 하루는
길고 넓어 적막하다
우표를 붙일 수 없는 전언(傳言)이
단풍처럼 녹슬어 사방의 저녁에서
무언가 타는 내음을 풍긴다
돌아가지 않으리라 시린 물소리
바람 소리 바위틈에 고드름을 매달 때에도
돌아가지 않으리라, 아버지의
어깨에 시간이 앉고 있구나
깊은 가을 칼날의 산등성이
저 아래 산을 닮은 그림자를 넓게
만들고 있구나 사람의 발소리 그리운
지금은 저녁이다

적막강산

그리움도 이렇게 고이면 독이 된다
네가 떠나면서
나는 흉가로 남아
황사의 날들을 지나며 한 방울
독의 힘으로 눈뜨고 있었다
첫아이를 위한 태교처럼
그리움을 다스렸다 이슬을 보면
아지랑이를 떠올렸다 바람에 날리는
풀씨를 보며 산맥의 뿌리를 생각했었다
일어나는 먼지를 들판의 기침으로
여기기도 했었고
그러나 흉가에서 내 몸속에 고이는
물은 피가 되지 못하고
독으로 변하고 있었다 불똥만 닿아도
폭발하고 만다는 그 푸른 독으로
눈물만큼 고이고 있었다
봄날은 고단하게 그렇게 지나갔다
독은 아직 고요하다

판화

너를 깎아 판화를 찍는 밤
부엉부엉 바람은 서쪽 숲에서 불고
졸리우면, 어둠이 내리누르는 졸음이 오면
피를 섞어 칼을 갈았다 노래를
불렀다 벌써 주소가 없는 너를
익명의 스물둘을 깎아 판화를 찍는 밤
부엉이 목청은 목쉰 바람
숲속의 뿌리들 크게 숨 몰아쉬게 한다

너의 시체가 없는 무덤엔
무화과를 심어둔다 찾는 이 없어도
중부지방의 강우량만으로도 느꺼워할
가시 많은 무화과를 버리듯 놓아둔다
판화를 찍는 밤 검은 잉크에
함께 피를 타는 밤
유복자를 가진 검은 얼굴의 여인이
꼭 이만한 어둠이 내리누르는 힘으로
주먹밥 같은 눈물을 두 손에 쥐고 있다

지금의 집

녹이 슨 양철지붕 위 햇빛은
커다란 말굽자석이었다
비 없는 여름 가뭄 내내 우리는
선인장 꽃을 바라보며, 가난하게 살다
죽어간 사람들의 책을 읽어야 했다
선인장의 가시는 지혜의 가시가
아니라 적의의 그것이라고
아이들은 중얼거렸다
녹슨 양철집 아이들은 금속성을
모두 햇빛에 빼앗기고 야위었지만
모래의 도시
모래의 시간들을 뒤지며 햇빛은
한층 기승을 부렸다 우리들은 서로
어른이라고 불리는 것이 무엇보다
두려웠다 아이들은 안경을 써도
도무지 보이는 것이 없다고
집을 뛰쳐나가려 했다
일사병에 쓰러지는 사람들이 늘어
갔다 모래시계가 뒤집어지지
않았다 어른들은 선인장을
닮아가고 있었으나
아이들은 선인장을 불에 태웠다
녹슨 양철집 지붕이 얇아져갔다
문득문득 세상이 하얘지곤 하였다

햇빛이 지붕 위에 있는 한은
언제나 팍팍한 여름이었다
무서웠다

여름의 독백

나무의 속살을 그리워하면서도
언제나 망치질이 두렵다
못처럼 대가리만 커지고

좀더 부드럽게 박히기 위하여
어떤 날은 온몸에 나선형의 홈을 파기도 했다
어쨌든 나무와 못이 서로 피 흘리지 않기 위하여
대가리의 반대편을 날카롭게
갈고 닦아야 하였으니

집은 그러나 못을 보지 못한다
집이 세워지면 망치는 보이지 않는다

대가리만 납작하게 커지고
커다란 망치가 그리운 날
나무처럼 바짝 말라 있어도
아, 술 취한 절름발이 목수도 오지 않고
아랫도리만 날카로워지는 여름날

집 짓고 싶어라
가장 깨끗한 망치의 힘으로
나무 속으로
가장 아프게 박히고 싶어라

목수야, 못대가리를 치는 목수야
이 집, 새집의 열개는 어디에
있느냐, 아름답게 머리통
으스러지고 싶어라

모래시계

—모든 산은 낮아진다

모든 산은 낮아진다
모래시계처럼 낮은 곳으로 흘러내린다
다 흘러내리면 뒤집어져야 한다
그러나 도중에 쓰러지면 모래시계처럼
아무것도 아니다
지평선과 언제나 수직으로 서서
진공과 같은 침묵으로 보여
보여주어야 한다 누군가 지금
여기의 시각을 알리니
(그러나 아직은 완벽한 수동태. 바람은 아직,
사람의 피 끈적하게 섞인 공기를 만나지 못한
진공의 입자들이거늘.
아니다. 사람의 때를, 욕망을 거르고 걸러
더이상 버릴 것 없는 결정으로 남아
정전기도 일으키지 않는 것임에)
모든 산은 낮아진다
쓰러지는 한, 모래시계가 아니다
뒤집어지지 않는 한,

모래시계 2

삶은 하나의 나쁜 습관이다.

—에리히 케스트너, 『파비안』에서

물구나무선 겨울나무들
가지 끝에 자물쇠를 채우고 다시
뿌리로 내려간다
오후 세시쯤이면 그리움에도 나프탈렌 같은
휘발성이 생겨 욱신거리던 육신도
나른해진다 살아 있다는 건
매우 나쁜 습관이어서

어느 땐 대자보보다
이니셜로 알 수 있는 문틈의 엽서가 충격적일 수 있다
이 오후 세시에서 나는 표백제로 샤워하는지
문득 머리카락이 새하얘진다

귀지처럼 햇빛 속으로 눈발이 날린다
귀가 가려운 한낮
모두 어디로 떠났는지
겨울나무도 툭툭 그림자를 내팽개치는
오후 세시 모래시계 뒤집을 힘도 없다
소문처럼 눈발이 희끗 날리고

확성기를 통해 바람이 불어온다
아득하다
하얀 광목을 찢어 길을 내주어야만 이승을 떠난다는데
언 땅 아래 어디서 살(肉)은 흙으로 몸 바꾸는지
바람 불고 홀로 있는 한낮
유리창을 두드리는 거대한 손이 있어
실내는 피해망상으로 하얘진다

푸르른 집

연등마냥 나 가서
걸리리, 낮에는 부는 바람에
빰 맞으며 흔들럭거리다가
해와 달 지평선쯤서 만나는
저문 날이면, 연등모양 나
무수하게 공중에 걸리리
눈부시지 않은 불과 빛 지피리
멀건 서편 하늘을 두고
시청이거나 국립박물관이거나를
곁눈질도 않으면서 나
연등과 같이 사람보다
조금 위에 걸려 있으리

편집

낯술 덜 탄 끄트머리를 비벼
끄고/305 지방도를 따라 걷는다/
슬리퍼를 신고 올해는 결혼기념일 근처로/
허청허청 걸어간다/저만치 생일도 낡은
사진첩의 표지를 열어놓고 있다/
밤송이 알이 익으면 스스로 가시를 거부하거늘/
가을볕 순간접착제처럼 달라붙는데/
낯술의 끄트머리/네가 한 말/
살아생전 금서 한 권 펴내는 일도 아름답/
슬리퍼 끌며 개울로 걸어들어가며/
풍덩 개울물에 몸 시리게 담그면서/
가을이구나/
늘 푸른 나무를 늘 푸르게 하는 단풍 등속들/
지방도를 따라 걸으며/그해의 생일은/
결혼기념일은 여러모로 누추하였다/

옛날 주소

갑자기 주소가 없어진 친구
횡단보도 신호가 유난히 길다
이 봄비 멎으면 황사가 오리라
중얼거리며 시청 이마에 박혀 있는
시계를 읽는다 발광충 같다
친구의 옛 주소를 더듬는다
어디로 갔을까 횡단보도 신호를 놓친다
왜 이 추적거리는 비가 봄비일까
황사가 오리라
함께 저녁이 내린다
편지를 쓰는 것보다 천천히 말을 한다
황사가 눈병을 옮기리라
한켠으론 나무에 푸른 물을 오르게 하면서
눈병은 사람에서 사람으로 옮아가리라
봄비와 어둠이 내리고
횡단보도 불빛은 늘 붉은색이다
편지를 쓰는 것보다 더 느리게 말을 한다
너에겐 주소가 없다
판화처럼 내가 어둠에 찍힌다
발광충처럼

고백

지리산의 여름으로 들어서
푸르름에 푸르르 몸을 떨며
맨 처음의 땅이 흘려보낸 물에
자궁을 씻어
땡볕에 사흘 낮밤을 말리고 싶어라

설악의 대청봉으로 올라서
귀두 끝에 고드름 매달면서
어금니 깨물면서 동해를 문지르며
달려온 바람에 꽁꽁 얼고 싶어라
그리하여

너 같지도 않은
나 같지도 않은
영화 광고 같지 않은
이데올로기를 닮지 않은
돈처럼 돌지 않은

아니 한
제발 사랑한다는 말로 이불을 펴지 말고
헤어지자는 말로 앙금을 남기지 말고
신의 이름으로 윤간하지 말며
그렇다고 사람의 이름으로 시험관과 정자은행 운운하지 말고……

어머니인 지리산이여
아버지인 설악이여
백두가 보고 싶어라
그곳에서 사람 하나 배고 싶어라

길

강변 마을
지정 벽보판의 벽보도 바래고
쫓기는 사람의 어깻죽지도 시들할 터
공복을 안고 마른길 걷는
칠월, 큰 산이 내놓는 물이 길고
큰 사람 아래 어린 사람들 그늘을 이루니
봄날 아지랑이가 키워올리던 종달새 가고
햇빛 이렇게 변해서
쫓기는 사람 제 그림자에 놀라는
휘영청 달빛 십 리 길
팔월이 와도 쫓길 사람, 그날 밤은
이슬 기다리는 풀섶에 누워
고향 같은, 젊은 과부만 같은
젖은 바람을 온몸에 칠하고 있었으니
하염없어라, 안개를 촘촘하게 만드는
새벽 뻐꾸기 울음소리
쫓기는 사람의 빈 주머니를 채우고
진해져만 가는 피를 강에 버리게도
했으니, 먼지 나지 않는 죄
저만치서 기다리고 혹은 앞질러 가고
사람을 사랑하면 죄가 되는 일이 있다
사람답게 사는 일을 쫓아다니다보면
쫓겨다니게도 된다

길 연작 3

편지를 쓰듯 말을 한다
너에게 부치지 않을 편지를 쓰듯
밤이 늦어, 솔직해진다

잉크보다 빠르게 번지는 어둠
잉크병을 닫듯이
다문 입으로 말하는 사랑이
사람이 무섭다,
나사를 조이면서 이 밤은
사방에서, 다가온다

사람의 피가 보고 싶은 날
너를 때려서,
내가 맞아서 정직하게
흘러나오는 피
피 같은 침묵

오늘은 우표를 붙이지 않아도
편지가 갈 것 같다

길

어떻게 해야 죽음에게 잘 보일 수 있을까
링거 주사약보다 천천히 아침은 내려온다
툭
바람의 안깃에다 딱딱해진 씨앗을 버리는
저 꽃들은 얼마나 단정한가
어떻게 해야 살아남은 이들에게 잘 보일 수 있을까
봉합사로 묶어둔 스물세 살
내가 제일 무섭다

황혼병 3

비가 그치나보다
구름들의 발자국이 가벼워지고
아녀자들은 약수를 뜨러 산자락 푸른
치마폭을 들춘다, 맑은 웃음소리
나뭇잎들 빛나며 웃음을 푸르르게 하는구나
오랜 비가 그치는구나
눅눅했던 성경도 빳빳해지고
구름의 걸음 사이로 기둥처럼
내려오는 저문, 빛, 노을
문득 나는 아버지가 된 것만 같아라
비가, 그쳤구나
비가 씻은, 저문 공기를 타고
약수만큼 투명한 별빛, 내려오겠다
구름의 내장이 환해지고
아낙들의 건강한 하혈처럼
노을이 가득 땅 위로,
아래로 스며들고 있어라, 오늘은
오늘이구나

그리운 내일
—상처를 아물게 하는 머큐로크롬은 더 오래 살갗에 남는다

기다림으로 오늘을 지운다
어두운 상점의 거리를 지나와
폐활량을 꺼내보면, 아, 숨이
차다 땅 위엔 바리케이드
하늘엔 서치라이트

그리운 내일, 그림자 가장 짧은
정오에, 이렇게 중얼거린다 너와
나 사이에는 왜 아예 원근법이 없었을까
무턱대고 믿었던 걸까
포도송이처럼 싱싱한 허파도 있다던데

서편의 산, 키 큰 건물들
파랗게 날 선 스카이라인을 노을에다
칼질한다, 돌아갈 곳
수도꼭지를 틀어놓고 나온 것처럼
불안해도 돌아갈 수 없는
여기서 죽으면
학적부의 증명사진을 확대해
영안실에 세워놓을까, 후후 웃음도 잘못
삼키면 속이 쓰리다, 잘못
오른발로 밟는 행진곡이 큰북 소리처럼
낙엽을 밟는다

기다림으로 내일을 지운다
꾀죄죄한 폐활량을 외투로 껴안으며
잠드는 밤, 뽑아 지붕에 던진 앞니처럼
그리운 아버지, 아버지의 지리산을,
모질다는 내 왼손의 손금처럼
들여다본다, 피아골, 뱀사골로 넘어가는
밤길처럼, 운명선은 가파르다

밤하늘, 쓰러진 서울의 잠 위로
성욕보다 빳빳한
저 서치라이트의 불빛, 빛들

망자시(亡者詩) 1

—그 죽음 아는 이 드물어 주검은 부릅 눈뜨고 있었다

건전지를 새로 끼워넣은 손전등 하나
유복자의 머리맡에 놓여 있었다 여자는 버섯이
자라는 소리까지 듣는 지경이었다

돌아올 수 있나요
비 내리고
살(肉)에서 마음까지
으스스한 밤
이 흙탕길 거느리고 당신은
돌아올 수 있나요

온 산 숲, 으스스
밤을 지나는 바람을
주춤이게 하는데
그대 젖은 신발 어디서
말리는지

뼈에서 예감까지
추운 겨울

당신은,
아니 너는 살내음
그립지 않더냐 아아아
아아아 그 모음(母音)

한입 가득 거품 물고 싶지 않더냐

빗방울
바람 한 자락씩
새벽 눈물에 풀고 풀어
안부를 캐묻는데
어디에 있느냐 너는

돌아올 수 있는 것이냐
육허기보다도 그래
믿음의 등짐 가혹하더냐

태 묻었던 흙 위로
빈 가을이 머물다 갔다
산그늘 한숨만하게
마당에 쌓이고 밤마다
방은 커진다

잘 닦아놓은 손전등 하나
늘 문고개 향하고 있는데
돌아와야 한다 한 번은
돌아와야 단 한 번이라도
너의 이름
아버지로 불릴 것 아니냐

길에 관한 독서

1

한때 젖은 구두 벗어 해에게 보여주곤 했을 때
어둠에도 매워지는 푸른 고추밭 같은 심정으로
아무데서나 길을 내려서곤 하였다
떠나가고 나면 언제나 암호로 남아버리던 사랑을
이름 부르면 입안 가득 굵은 모래가 씹혔다

2

밤에 길은 길어진다
가끔 길 밖으로 내려서서
불과 빛의 차이를 생각다보면
이렇게 아득한 곳에서 어둔 이마로 받는
별빛 더이상 차갑지 않다
얼마나 뜨거워져야 불은 스스로 밝은 빛이 되는 것일까

3

길은 언제나 없던 문을 만든다
그리움이나 부끄러움은 아무데서나 정거장의 푯말을 세우고
다시 펴보는 지도, 지도에는 사람이 표시되어 있지 않다

4

가지 않은 길은 잊어버리자
사람이 가지 않는 한 길은 길이 아니다

길의 속력은 오직 사람의 속력이다
줄지어 가는 길은 여간해서 기쁘지 않다

문학동네포에지 012

내 젖은 구두 벗어 해에게 보여줄 때

1판 1쇄 발행 2001년 11월 15일 / 1판 2쇄 발행 2002년 1월 24일
2판 1쇄 발행 2004년 12월 10일 / 2판 4쇄 발행 2014년 7월 10일
3판 1쇄 발행 2021년 3월 30일 / 3판 2쇄 발행 2023년 5월 15일

지은이 — 이문재
책임편집 — 유성원
편집 — 김민정 김필균 김동휘 송원경
표지 디자인 — 이기준 김이정
본문 디자인 — 유현아
저작권 — 박지영 형소진 최은진 오서영
마케팅 — 정민호 박치우 한민아 이민경 박진희 정경주 정유선 김수인
브랜딩 — 함유지 함근아 고보미 박민재 김희숙 정승민
제작 — 강신은 김동욱 임현식
제작처 — 영신사

펴낸곳 — (주)문학동네
펴낸이 — 김소영
출판등록 — 1993년 10월 22일 제2003-000045호
주소 — 10881 경기도 파주시 회동길 210
전자우편 — editor@munhak.com
대표전화 — 031-955-8888 / 팩스 — 031-955-8855
문의전화 — 031-955-2696(마케팅), 031-955-8865(편집)
문학동네카페 — http://cafe.naver.com/mhdn
인스타그램 — @munhakdongne / 트위터 — @munhakdongne
북클럽문학동네 — http://bookclubmunhak.com

ISBN 978-89-546-7772-1 03810

www.munhak.com

문학동네